I. Die versunkene Insel Atlantis.

II. Die physiologische Bedeutung der Pflanzencultur

————〜〜〜〜〜————

Zwei Vorträge

gehalten im Ständehause im Winter des Jahres 1860

von

Dr. F. Unger,

Professor an der Hochschule in Wien.

I. Die versunkene Insel Atlantis.

Die Kenntniss von den früheren Zuständen der Erde,
bevor der Mensch von dem ihm zugewiesenen Erbtheil
Besitz nahm, ist zwar noch von jungem Datum, aber
dennoch auf so sichere Grundlagen gestützt, dass die
flügge gewordene Wissenschaft sich auch schon an die
Lösung der schwierigsten Probleme wagt. Kaum sind
es einige Decennien, seit die Spielerei mit den Petre-
facten einen ernsten Character angenommen, seit der
Bau des Festlandes und die Beschaffenheit der Meerestiefen
als ein Resultat grosser vorhergegangener Umwälzungen
angesehen worden. Wenn diese Kenntnisse gegenwärtig
noch in vielen Punkten mangelhaft, unbestimmt, und
dort, wo sie nicht auslangen, durch Voraussetzungen
unterstützt werden, so hindert das keineswegs, ihnen
Vertrauen zu schenken und sie für die Ausgangspunkte
der gewichtigsten und fruchtbringendsten Lehren zu
betrachten.

Als Herrn der Erde ist es für den Menschen nur
eine Maassregel der Klugheit, wenn er sich um den
Bau des Hauses, das er bewohnt, um die Grundfesten,
worauf dasselbe steht und um die Dauerhaftigkeit des
Materiales, woraus es zusammengesetzt ist, bekümmert.
Was er zu hoffen, was er zu fürchten hat, wird zwar

für den Einzelnen wenig erheblich sein, das Geschlecht aber sicherlich nicht unberührt lassen, das wie es scheint zu einer längeren Dauer berufen ist, als wir insgemein vermuthen.

Erlauben Sie, dass ich Ihnen heute eine kleine Episode aus dem Erdenleben darstelle, nicht um Ihnen zu zeigen, wie wenig fest der Boden ist, worauf wir stehen, wie veränderlich die Zustände sind, unter denen wir leben, sondern wie gross und unermesslich die Wirkungen sind, die selbst die kleinsten unansehnlichsten Ursachen hervorbringen, — Ursachen, von deren Herrschaft sich weder die Welt noch wir zu befreien vermögen. Ist es gewiss doch auch der physische Kampf mit diesem Schicksale, der in die Tragödie unseres Lebens verflochten, derselben den vollen Ernst und ihre letzte Bedeutung gibt.

Das Bild, das ich vor Ihnen zu entfalten beabsichtige, gehört zwar der Urzeit unseres Planeten an, allein nicht der ältern, sondern einer verhältnissmässig sehr späten Periode, einer Periode, die, wenn auch nicht unmittelbar, doch nahezu als Vorläufer der Erscheinung des Menschen betrachtet werden kann. Man hat diese Periode, die Molasse-Periode oder tertiäre Periode genannt, ausgezeichnet dadurch, dass sie uns mit einem unermesslichen Reichthume von Brennstoff versah, den wir als Braunkohlen in den damals abgesetzten Schlamm- und Sandschichten ausbeuten.

Es ist keinem Zweifel unterworfen, dass die Verhältnisse der Erde damals ganz anders beschaffen waren als jetzt, und dass namentlich die Oberfläche der Erde, das Relief des Festlandes von dem gegenwärtigen wesentlich abweichend sein musste. Es kann hier nicht

meine Absicht sein, die ganze Erdoberfläche in Bezug
auf die Vertheilung von Wasser und Land einer Betrachtung zu unterziehen, wofür wir auch noch viel zu wenig
sichere Daten besitzen, jedoch wie es zu jener Zeit mit
Europa aussah, von welcher Beschaffenheit der angrän-
zende östliche Welttheil, der grosse westliche Continent
und das zwischen beide hingeworfene Weltmeer war,
darüber bin ich allerdings im Stande einige Andeutun-
gen zu geben. Das Interesse dürfte dabei um so höher
gesteigert sein, als es eben zunächst unsere dermalige
Wohnstätte ist, die wir in der Perspective von einigen
Millionen Jahren zu betrachten haben.

Ich beginne damit, Sie in das Detail der Untersuchungen einzuweihen, in so weit nämlich als ich diese
zu meiner Beweisführung nothwendig bedarf. —

Bekanntlich sind die Lagerstätten der Steinkohle
zugleich die Fundstätten mannigfaltiger Pflanzen- und
Thierreste jener Zeiten, wo sich eben diese Ablagerungen
als ein noch keineswegs festes compactes Material gebildet haben. Es ist von hohem Interesse einen Blick
in dies unterirdische Herbarium zu thun, und Sie werden
es begreiflich finden, wenn ich vor einigen 20 Jahren,
begünstigt durch glückliche Umstände, mit grossem Eifer
über diese seltsame Sammlung hergefallen bin. Bereits
hatte man schon die botanischen Schätze der viel älteren
Steinkohle und späterer Ablagerungen kennen gelernt,
aber die Schätze der Braunkohle waren noch ein blaues
Buch, das Niemand bis zu dieser Zeit eröffnet hatte. Es
war zu erwarten, dass es dabei an Ueberraschungen
nicht fehlte, und dass der Eindruck dieser Pflanzen-
sammlung, wenn gleich nur in Bruchstücken und Fetzen
ein höchst seltsamer war.

Wenn die Pflanzen und Thiere früherer Zeiten wenig Aehnlichkeiten ausser den höchst allgemeinen mit den Pflanzen und Thieren der Jetztwelt zeigten, so war dies hier ganz anders. Man begegnete bei den allerdings in der Regel mit Schwierigkeiten verbundenen Untersuchungen häufig bekannten Formen, ja es schien zuweilen, als ob man den Kehricht eines unserer Parke vor sich hätte — ich sage absichtlich eines Parkes, der wie bekanntlich ausser den einheimischen häufig mit fremdländischen Bäumen und Sträuchern bepflanzt ist.

Am auffallendsten war dabei die Wahrnehmung, dass ein nicht geringer Theil dieser Pflanzenreste Bäumen und Sträuchern von Nord-Amerika auffallend ähnelten, von manchen der dort lebenden Arten kaum zu unterscheiden waren.

Da ich auf diese Thatsache mit Recht ein grosses Gewicht lege, so werden Sie mir erlauben zur Beglaubigung dessen Ihnen einige Petrefacte vor Augen zu legen.

Sie sehen hier ein ziemlich grosses drei- bis fünflappiges, mit einem mässig langen Stiele versehenes Blatt, dessen Rand gezähnt ist. Nur das Blatt eines in Nord-Amerika einheimischen Baumes gleicht ihm ganz oder doch fast ganz; es ist der Amberbaum (*Liquidambar stiraciﬂuum* Lin.), bekannt durch sein flüssiges Harz. Dass man sich hierin nicht etwa geirrt habe, beweiset zum Ueberflusse die gleichfalls im fossilen Zustande vorkommende Frucht, welche mit der Frucht des Amberbaumes vollkommen übereinkommt.

Aus diesen Blattresten hier, wovon der eine in der Schweiz, die andern in den Gypsbrüchen von Sinigaglia gefunden wurden, werden Sie auf den ersten Blick den prachtvollen nordamerikanischen Tulpenbaum (*Liriodendron tulipiferum* L.) erkennen. Wenn dieselben auch nicht ganz dieser Baumart gleichen, so sind sie doch gewiss als seine nächsten Verwandten zu betrachten. Auf Island haben sich ausser den Blättern auch noch Früchte (von *L. Procaccinii* Ung.) erhalten.

Ein anderer allenthalben unter den Braunkohlenversteinerungen vorkommender Pflanzenrest ist ein mit kleinen lanzettlichen oder fast nadelförmigen Blättern besetzter Zweig, der auf ein Nadelholz hinweiset, das zwar nicht bei uns in Europa, wohl aber in Nord-Amerika sich einer grossen Verbreitung erfreut und zu den ältesten vegetabilischen Denkmälern des Landes gehört. Es ist das *Taxodium distichum* Rich.

Wieder andere Fossilien der Braunkohle, sowohl in Früchten als in Blättern erhalten, weisen auf Bäume hin, die gegenwärtig in mehrern Arten gleichfalls nur Nord-Amerika bewohnen. Sie gehören der Gattung *Nyssa* an. Eben so beweisen die Früchte und Samen von *Pavia* und *Robinia*, die man in unserer Braunkohle hie und da gefunden hat, dass diese jetzt nur auf Nord-Amerika beschränkten Geschlechter einst auch in Europa lebten, während wir sie gegenwärtig als Fremdlinge eben von daher in unsere Gartenanlagen verpflanzten und sie wieder heimisch machen.

Bekanntlich fehlt Europa die Nuss, denn die hier fast eingebürgerte Wallnuss stammt aus den Bergwäldern des südlichen Caucasus. Es sind aber Nussfrüchte der mannigfaltigsten Art in den Braunkohlenlagern sehr gewöhnlich. Vergleicht man diese mit der in Nord-Amerika in zahlreichen Arten repräsentirten Gattung, so fällt die grosse Uebereinstimmung derselben nur zu sehr in die Augen; ja die sogenannte graue Nuss (*Juglans cinerea* Lin.) ist von einer der unserigen fossilen Nussarten (*Juglans tephrodes* Ung.) fast gar nicht mehr zu unterscheiden.

Was soll ich noch von den verschiedenen Ahorn-Eichen-, Pappeln-, Hainbuchen-, von den Föhren- und Taxusresten unserer fossilen Flora der Braunkohle sagen, die alle nichts weniger in den europäischen noch jetzt lebenden Arten, sondern fast ausschliesslich in den amerikanischen Typen ihre nächsten Verwandten besitzen. Und so könnte ich noch eine grosse Menge detaillirter Beweise anführen, die alle es bekräftigen würden, dass der Character unserer Braunkohlenflora kein europäischer, sondern ein nordamerikanischer ist [1]).

Dieser Satz, den ich vor ungefähr 15 Jahren ausgesprochen habe, und der durch die seitherigen Forschungen in diesem Felde nicht die mindeste Erschütterung erlitten, sondern im Gegentheile Jahr für Jahr eine grössere Stütze gewonnen hat, kann daher als durch die Erfahrung erwiesen angesehen werden.

Die seltsame Erscheinung, dass Europa einst mit solchen Pflanzen bedeckt war, die wir gegenwärtig aus grosser Ferne hieher verpflanzt haben, dass sich darunter auch nicht wenige Arten befanden, die wir selbst dort nicht mehr lebend finden, oder die eine Versetzung in unser Klima nicht ertragen würden, setzt Umstände voraus, welche grosse Veränderungen in der Lebensbeschaffenheit der Gewächse, in der Gestalt der Erdoberfläche so wie in dem Klima dieser Theile seit jener Zeit bewirkt haben.

Am meisten dürfte es uns wohl frappiren, wenn wir Gewächse eines fernen Welttheiles über unseren heimathlichen Boden verbreitet sehen, während Pflanzen aus dem nachbarlichen östlichen Continent nur sehr sparsam vertreten sind.

Eine Erklärung dieser Erscheinung können wir nur in den Gesetzen, die bei der Entstehung und Verbreitung der Pflanzenarten wirksam sind, zu finden hoffen.

Ohne mich in dieses schwierige und gegenwärtig noch keineswegs von allen Seiten aufgeklärte Thema zu vertiefen, will ich Ihre Aufmerksamkeit bloss auf einige der auffallendsten Gesetze hinlenken, die wir bei der Verbreitung der Pflanzen allenthalben wahrnehmen, und die auch in früheren Weltperioden so wie jetzt Geltung haben mussten.

Alle Gewächse irgend eines Territoriums, irgend eines Bezirkes können offenbar nur auf eine zweifache Weise von demselben Besitz genommen haben. Entweder sie sind ursprünglich auf diesem Flecke entstanden, ihre Arten sind da gebildet worden, oder sie sind ausserhalb den Grenzen desselben auf irgend eine Art dahin gelangt.

Wenden wir dieses auf die Braunkohlenflora von Europa an, so liegt gar kein Grund zur Annahme vor, die in Europa damals vorhandenen Pflanzen als auf diesem Boden entstanden anzusehen. Die grosse Uebereinstimmung vieler und gerade der hervorragendsten Arten mit Arten, welche heut zu Tage Nord-Amerika bevölkern, lässt vielmehr der Muthmassung Raum, dass irgend ein Connex zwischen beiden Floren stattfand. Es sind hiebei aber nur zwei Fälle möglich, entweder hat sich unsere Molasseflora allmälig nach Nord-Amerika verbreitet oder dieselbe ist umgekehrt ein Abkömmling der amerikanischen Flora, die sich seit jener Zeit nicht wesentlich geändert hat, während, wie es Thatsache ist, die Flora in Europa gewaltige Umänderungen erfuhr.

Dass das erstere das Richtigere ist, nämlich dass Nord-Amerika seit der Molassezeit denselben Charakter seiner Vegetation beibehielt, dafür sprechen mehrere Thatsachen, auf welche ich mir noch in der Folge zurückzukommen erlauben werde. Es ist demnach keinem Zweifel unterworfen, dass die in unseren Braunkohlenlagern begrabenen Pflanzen ihre Altvordern nicht auf diesem Boden, sondern auf dem Boden Nord-Amerikas zu suchen haben. Wo so viele Uebereinstimmung im Character ist, müssen wir nothwendig Stammesverwandtschaft voraussetzen und es wäre gewiss gegen das Gesetz der Sparsamkeit verstossen, wollten wir annehmen, dass in Europa und in Amerika zugleich die Bildungskraft sich in derselben Weise entfaltete. Kurz, es spricht mehr als ein Grund dafür, dass unsere Flora der Braunkohle ihr Bildungcentrum fern von Europa und zwar zunächst in den südlichen Theilen der nordamerikanischen Freistaaten hatte.

Ist dieser Satz richtig, so wird es keinen Schwierigkeiten unterworfen sein, in Erfahrung zu bringen, in welcher Art und Weise Amerika seine Abkömmlinge von Robinien, Amber- und Tulpen-Bäumen, von Nüssen, Ahornen u. s. w. nach Europa auf einen ihrer weiteren Verbreitung günstigen Boden sandte. Auch hier ist wieder nur ein zweifacher Fall möglich. Entweder die beflügelten und unbeflügelten Sprösslinge haben durch die Luft und das Weltmeer ihre Wege bis zu Europa's westlichen Küsten gefunden, oder dieselben

benützten eine Brücke, die damals zwischen beiden Welttheilen bestand, später aber von dem Weltbaumeister
wieder abgebrochen wurde. Dass Pflanzen, namentlich
Samen sich nur zu oft jenes Mittels bedienen, um weite
Reisen vorzunehmen, ja ihre Wanderungen dadurch von
einem Continent zu andern zu bewerkstelligen, ist eine
bekannte Sache. Ich bin in der Lage, Ihnen hier mehrere
solche Cosmopoliten vorzuweisen, welche der Golfstrom
von den Küsten von Mexico nach Norwegen brachte.
Die grosse und weite Verbreitung der Cocospalme wird
ja grösstentheils dem Weltmeere zugeschrieben.

Wenn man aber solche Verbreitungen der Pflanzen, welche durch Wind und Wellen oder durch Inter-
venirung wandernder Thiere bewerkstelliget werden,
näher beleuchtet, so sieht man erst, dass die Zahl der
Pflanzenarten, welche auf diese Weise zu Weltbürgern
geworden sind, sehr gering ist, da hiezu auch eine gewisse Biegsamkeit des Naturells erforderlich ist, um die
bald grossen bald kleinen Veränderungen zu ertragen,
die dabei nicht vermieden werden können.

Die Zahl der auf solche Weise verbreiteten Pflanzen
ist immerhin eine sehr kleine, und kann nie so hoch
steigen, dass sie dem fremden Lande den Character der
Vegetation ertheilet.

Die als Schiffer und Luftsegler eingewanderten Pflanzen bleiben dort, wo sie hingekommen sind, immer mehr
oder weniger Fremdlinge, oder vielmehr Sonderlinge,
die nie recht mit der einheimischen Bürgerschaft ver-
schmelzen und daher ihre Eindringlingsnatur an der
Stirne tragen.

Wenn es sich also darum handelt den Character
der Braunkohlenpflanzen als Sendlinge des grossen west-

lichen Continents zu bezeichnen, so kann dabei in keinem Falle an eine Sendung durch Wind und Wellen, durch Zugvögel oder andere Thiere gedacht werden, wenn man auch zu diesen Uebersiedlungen ungeheuere Zeiträume und ungewöhnliche Umstände als mitwirkend in Anspruch nehmen wollte. Versuche, welche man mit Pflanzensamen zu eben diesen Zwecken anstellte, um ihre Erhaltungs- und Verbreitungsfähigkeit durch Meeresfluthen zu erproben, haben gezeigt, dass dieses Mittel durchaus unzulänglich ist, um daraus die Verbreitung der Gewächse über die Erde zu bewerkstelligen[2]).

Es gibt aber noch eine andere Art der Mittheilung, nämlich die schrittweise Wanderung, — eine Wanderung, welche zwar langsam aber sicher vorwärts geht und welche die einzige Verbreitungsweise ist, deren sich die Pflanzen zu allen Zeiten bedient haben müssen, um von ihren Bildungsmittelpuncten aus bis zur Grenze ihrer Verbreitungsbezirke zu gelangen, d. h. so viel und so weit sich rund umher auszudehnen, als der Boden und die Luftbeschaffenheit der Erhaltung und Fortpflanzung der Einzelwesen günstig ist. Flüsse, Gebirgszüge, grosse Binnenseen u. s. w. sind zwar im Stande, dieser Art der Verbreitung Hemmnisse in den Weg zu legen, es sind dies jedoch häufig solche, welche mit der Zeit, die ohne einen Wechsel der Umstände nicht gedacht werden kann, auch noch überwunden werden können. Nur grosse und weite Wasserflächen, Meere und Oceane setzen diesem schrittweisen Weitergehen unübersteigliche Hindernisse entgegen.

Alles dies zusammengenommen lässt für die Erklärung der Braunkohlenpflanzen als Abkömmlinge nordamerikanischer Stammältern keinen andern Ausweg übrig

als die Annahme eines continentalen Verbindungsweges.
Europa muss also in der Tertiärzeit oder in der
Braunkohlen-Bildungsperiode mit Nordamerika
im Zusammenhange, der atlantische Ocean durch
ein Festland irgendwie getheilt gewesen sein.
Diese auf wissenschaftliche Grundlage gestützte Fol-
gerung würde aber unendlich an Sicherheit gewinnen,
wenn es möglich wäre positive Beweise für das Vor-
handensein eines Continents als Verbindunglied jener
beiden Welttheile beizubringen oder wohl gar die Ausdehnung und die Umrisse dieses Mittelcontinents nach-
zuweisen.

Wir wollen uns auch an diese schwierige Arbeit
machen, halten es aber dabei für erspriesslich zuerst
Europa und Amerika in Bezug auf ihre Weltgrenzen zur
Tertiärzeit einer Prüfung zu unterziehen, mit andern
Worten, die Frage zu beantworten: wie sah Europa und
Amerika zur Zeit der Braunkohlenbildung aus?

Wer wird daran zweifeln wollen, dass beide Welttheile, um die es sich zunächst handelt, einst ganz
andere Grenzen als jetzt hatten. Wenn die Beschaffenheit der Vegetation vom einstigen Europa auf ein mil-
deres Klima hindeutet, das über alle seine Theile verbreitet war, wo Kampherbäume und Palmen gedeihen
konnten, Rhinocerose und Elephanten im Schatten
undurchdringlicher Wälder hausten, kann es unmöglich
hohe schneebedeckte Gebirge und weit ausgedehnte
Landstriche gegeben haben. Schon die gegenwärtige
mannigfach eingeschnittene Configuration dieses Welttheiles spricht für vielfältige Theilungen und Gruppirun-
gen dieser Theile zu ehemaliger Zeit. Zur Sicherheit

wird dies jedoch durch geologische Forschungen er-
hoben.

Auf diese gestützt ist es nicht schwer, eine Karte
von Europa und dem unter gleicher Breite liegenden
Theil von Nordamerika zu entwerfen, denn man braucht
dazu nichts mehr als die geognostische Beschaffenheit
des Bodens zu wissen. Es ist klar, dass so weit sich
die Sedimente der Braunkohlenformation erstrecken, eine
Wasserbedeckung vorhanden sein musste, weil diese
sich nur als Bodensatz grösserer oder kleinerer Was-
serbecken bilden konnte. Wie jetzt, so haben zu allen
Zeiten Flüsse, Bäche und andere rinnende Wässer die
aufgelösten und zerriebenen Theile der festen Erdrinde
in Form von Schlamm, Sand und Gerölle den tiefen
vom Wasser eingenommenen Becken zugeführt und
darin mehr oder weniger ruhig abgelagert. Die Ausdehnung und die Mächtigkeit jener Schichtenhaufen, die
ganze Länderstrecken einnehmen und eine Höhe von
mehreren Tausend Fuss erreichen, lassen mit Sicherheit
ermessen, dass diese freilich durch lange Zeit fortgesetzten Operationen in einem gigantischen Maassstabe
ausgeführt wurden. Ganze Berge mussten durch Ver-
witterung und Fortschaffung des Materiales abgetragen
werden, um die Thalmulden auszufüllen und die Ebnen
zu decken, über welche sich jenes tertiäre Meer erstreckte. Aber auch auf dem Festlande musste es zahlreiche Wasseransammlungen gegeben haben, natürlich
nur von sogenanntem süssen Wasser, während jenes
einen mehr oder minder beträchtlichen Salzgehalt
hatte. Es ist von selbst verständlich, dass an allen
Flussmündungen im Meere das Wasser in grösserer
oder geringerer Ausdehnung versüsst wurde. Dabei

fehlte es nicht, dass nach Zerreissung der Dämme oder durch Niveauveränderungen bald sich die Binnenseen in das Meer entleerten, oder umgekehrt das Meer in die Binnenländer einbrach, und auf diese Weise einen Wechsel sowohl in den Meeressedimenten als in den Ablagerungen von Süsswasser hervorbrachte.

In diesem fortwährenden Wechsel von Zerstörungen, wobei die Grenzen des Festlandes nie eine bleibende Form erlangten, hat sich nichts desto weniger von günstigen Umständen unterstützt, eine reiche Vegetation über dasselbe entfaltet. Von dichten Urwäldern scheint allenthalben der Boden bedeckt gewesen zu sein und namentlich sumpfige Niederungen die vortheilhaftesten Bedingungen zur Anhäufung grosser vegetabilischer Massen gegeben zu haben, die wir uns nur in der Form einer durch Jahrtausende fortgesetzten Torfbildung vorstellen können. Die unzähligen Massen von Pflanzenleichen über einander gehäuft, endlich zufällig durch Schlamm- und Sandfluthen bedeckt, sind es, die unsere Braunkohle bilden. In den grossen Lehm-, Sand- und Geröllablagerungen nehmen sie dessungeachtet nur einen kleinen Antheil ein, der an Ausdehnung gegen jene weit nachstehen muss, wie denn auch die Bedingungen zur Bildung jener Torfmoore stets von localen Umständen abhängig war.

Ziehen wir nun die Gränzen des Festlandes von dem damaligen Europa nach den Gränzen, so weit sich diese in dem heutigen Europa kennbar machen, so erhalten wir einen Flächenraum, der um vieles kleiner und von ganz anderer Configuration ist, als das Europa von jetzt. Ein Blick auf die vorgewiesene Karte zeigt uns statt eines grossen Festlandes eine Gruppe von

grösseren und kleineren mannigfaltig unter einander
verbundenen Inseln, aus denen wir grösstentheils nur
unsere hauptsächlichsten Gebirgszüge zu erkennen im
Stande sind. Ich kann dabei noch hinzufügen, dass
dieselben gewiss nicht jene Höhe erreichten, die sie
heut zu Tage einnehmen, dass sie somit mehr ein Hügel-
land bildeten, ohne sich dabei in grosse und weite
Ebenen auszudehnen.

Ich übergehe jede detaillirte Darlegung und Aus-
führung der Gründe, warum die Linien so und so ge-
zogen sind, und Sie werden es mir gütigst überlassen
wollen, meine Rechtfertigung hierüber den Männern des
Faches bei anderer Gelegenheit zu sagen. —

Werfen wir dagegen einen Blick auf Nord-Amerika,
so scheint dies im Gegensatze von Europa weniger im
Nachtheile der Gebietsverkleinerung. Die gegenwärtig
sehr praktischen Bewohner dieses Erdtheiles würden das
vorweltliche tertiäre Amerika gewiss nicht ungern gegen
ihr heutiges Land vertauschen. Die äusserst wenigen
und unbedeutenden tertiären Ablagerungen dieses Welttheiles im Norden lassen mit Sicherheit erkennen, dass
derselbe damals schon in seiner ganzen Ausdehnung
sich über dem Meeresspiegel befand; ja Gründe, welche
sich aus den Tiefenmessungen des atlantischen Oceans
ergeben, machen es mehr als wahrscheinlich, dass seine
östlichen Gränzen weit in den atlantischen Ocean vor-
geschoben waren.

Das wichtigste ist nun wohl in Erfahrung zu bringen, wie es mit den Inseln, die zwischen Europa und
Amerika liegen, zu jener Zeit stand, denn sollte damals
eine Verbindung zwischen beiden Welttheilen existirt

haben, so können dieselben unmöglich von dieser Verbindung ausgeschlossen gewesen sein. In der That finden sich auch solche Beweise. Im hohen Grade muss es unser Staunen erwecken, wenn wir auf der nördlichsten derselben, dem vulkanischen Island zahlreiche Spuren von Braunkohlenlagern und der sie begleitenden Pflanzen finden. Ein grosser Theil derselben stimmt genau mit den Arten überein, die dereinst unser ganzes europäisches Festland bekleideten; von den 8 Nadelhölzern finden alle in den Nadelbäumen Nord-Amerikas ihre Analoga [3]).

Auch Island, das jetzt ganz baumlos ist, war zur Tertiärzeit dicht mit Bäumen bepflanzt. Reste davon, noch mit der Rinde versehen, finden sich in der Braunkohle, die dort Suturbrand genannt wird, erhalten, was beweiset, dass sie nicht etwa als Treibholz hingeführt sein konnten.

Ausser Island liegen nur kleine Inselgruppen zwischen Europa und Amerika, die Azoren, Madera, die Canarien und die Capverden, alle vulkanischer Natur. Nur auf einer einzigen derselben, nämlich auf Madera hat man tief im Basalttuff eingebettet Pflanzenreste gefunden. Da dieselben (freilich aus sehr unvollständigen Bruchstücken erschlossen) mehr mit den dermalen diese Inseln bekleidenden Pflanzen als mit unseren tertiären Pflanzen übereinstimmen, so hat man ihre Einschliessung und folglich auch die Zeit ihrer Existenz in eine spätere als in die Tertiärzeit setzen zu müssen geglaubt, was mir jedoch nicht richtig scheint.

Die wenigen bisher in Nord-Amerika entdeckten Tertiärpflanzen stimmen zwar mit unseren europäischen Tertiärpflanzen überein, sie weichen aber auch in ihrem

Character eben nicht wesentlich von der gegenwärtigen Flora des Landes ab. Es kann dies auch nicht anders sein, wenn überhaupt die Tertiärflora Europas ein nordamerikanisches Gepräge trug, denn es beruht diese Erscheinung im Wesentlichen nur darauf, dass sich die Flora Nordamerikas seit der Tertiärzeit nicht oder nur unbedeutend änderte, während Europa seit jener Zeit ein ganz anderes Kleid anzog.

Dasselbe findet nun auch auf den atlantischen Inseln statt. Es ist nicht zu läugnen, dass die tertiäre europäische Flora sowohl mit der nordamerikanischen Flora übereinstimmt, als zugleich Anklänge an die Flora der atlantischen Inseln zeigt, die ja auch ihrem gegenwärtigen vegetabilischen Character nach eben so zu Amerika als zu Europa hinneigen. Es liessen sich gut ein Dutzend Tertiärpflanzen finden, welche mit jetztlebenden atlantischen zusammenstimmen [4]. Es kann daher nicht auffallend sein, wenn die Tertiärpflanzen Madera's mit den gegenwärtigen Pflanzen der atlantischen Inseln übereinkommen, ja es würde zu wundern sein, wenn dies nicht der Fall wäre, da Nord-Amerika sich in ganz gleicher Lage befindet.

Also auch über diese Inseln so wie über Island muss die grosse Brücke geführt haben, die einst beide Continente in Verbindung setzte.

Mehr über diesen Gegenstand zu sagen, ist dermal unmöglich. Zwar liessen sich noch, um genauere Bestimmungen über Ausdehnung und Verbindungen dieses Mittellandes zu eruiren, die bekannten Niveauverhältnisse der atlantischen Meerestiefen benutzen, es wäre dies jedoch immerhin ein sehr schwieriges und gewagtes Unternehmen, wobei man immer zu fürchten hätte, dass man von den Wogen dieses trügerischen Oceans nicht von einer wissenschaftlichen Sandbank zur andern geworfen würde. Auch den bekannten Sargastosee als den Rest des einstigen Küstensaumes anzusehen, dürfte in mehrfacher Beziehung gewagt sein.

So müssen wir uns vor der Hand begnügen, jenes Zwischenland, das wir Atlantis nennen wollen, zwar in seinem Bestande zur Tertiärzeit als gesichert zu betrachten, dessen Ausdehnung nach Norden bis Island, im Süden bis über die atlantischen Inseln als eine unumstössliche Thatsache zu erklären, müssen uns aber bescheiden, seine näheren Umrisse unbestimmt zu lassen.

Wenn ich daher den Versuch wagte, Ihnen dieses Festland in einer bestimmten Form vorzustellen, so geschah dies nur, weil sich Nebelstreifen als Contouren nicht gut ausnehmen. Wollen Sie also diese letzteren dem grösseren Theile der Ausdehnung nach für ideal halten.

Es würde nun allerdings sehr interessant sein zu erfahren, welche Schicksale dieses Festland in späterer Zeit erfuhr, bis es endlich ganz und gar verschwand, und von seinem Dasein nur einige wenige Inseln zurückliess. Ohne Zweifel nahm diese Atlantis einst die Form einer von beiden Welttheilen getrennten Insel an. Wie weit aber diese Atlantis als Insel in die späteren Weltperioden hineinragte, ist eben so wie ihre Begränzung in Nebel gehüllt. —

Es ist bekannt, dass auf die pflanzen- und blüthenreiche Tertiärzeit sehr trübe Begebenheiten, — Ereignisse, die allem Leben ein Ziel setzten — folgten.

Die tertiäre Inselgruppe von Europa hat zwar durch Emporhebung an Ausdehnung gewonnen, aber eben dadurch musste es von seinem milden Inselklima viel verlieren [5]). Auch hörten die Wege, welche Ströme warmen Wassers aus dem indischen Ocean gleich dem Golfstrome bis in die panonnische Bucht und daher bis zu den Hügeln unserer Türkenschanze brachten, auf. Ein grosser Continent im Osten setzte Europa mit Asien in unmittelbare Verbindung.

Alles dies musste so wie das theilweise Unter-sinken der Atlantis mächtig auf die Veränderung der Zustände von Europa einwirken. Die Abkühlung ge-schah zwar allmälig, aber so bedeutend, dass die Schnee-anhäufungen von den nun zu nahmhaften Höhen em-porgehobenen Bergen immer mehr und mehr um sich griffen und das ganze Land, wenigstens im Norden un-serer Centralkette, vergletscherten.

So trat eine Periode ein, welche wir die Eiszeit nennen. Auch diese muss eine geraume Zeit gedauert haben, bis sich das Klima in Folge günstigerer geolo-gischer Veränderungen besserte. Namentlich musste der in jener Zeit offene Polarweg des Eismeeres in die Ostsee geschlossen und durch Trockenlegung des nord-afrikanischen Meergrundes in der Sandwüste von Sahara ein Ofen geschaffen werden, der Europa fortwährend mit warmen Luftströmen versorgte. Die britannische Insel kam dabei in engere Verbindung mit dem Con-tinente, dagegen tauchte die Atlantis bis auf wenige Spuren im weiten Ocean unter. Europa so wie Ame-rika erhielten dadurch nahezu ihre gegenwärtige Ge-stalt. Es war dies die Zeit der Höhlenbären (*Ursus spelaeus*), des Urochsen (*Bos primigenius* Boj.), des letz-ten europäischen Elephanten und Nashorns (*Elephas antiquus* Falk und *Rhinoceros leptorhinus* Cuv.) und in Nord-Amerika des Missourium · (*Missourium theristo-caulodon* Koch).

In Europa, wo die klimatischen Verhältnisse sich so mächtig veränderten, hatte dies die Einführung einer ganz fremden Vegetation zur Folge, die nun nicht mehr von Westen, sondern über die russischen Prairien, über den Caucasus und die Krim nach Europa · gelangten und hier Besitz von den mit Geröllen und ausgetrocknetem Schlamm überdeckten Boden der Ebenen nahm. Welche Zeit diese neue Einwanderung von Pflanzen und Thieren aus dem Osten in Anspruch nahm, lässt sich wohl denken, doch haben wir weder über die Dauer derselben noch über den Eintritt dieser Periode irgend welche sichere Anhaltspunkte. — Auch ob der Mensch am Ausgange jener Eiszeit schon existirte, sind wir nicht im Stande mit sicheren Beweisstücken zu belegen, wenn es gleich bisher schon gelang, Knochen desselben mit den Knochen der zu jener Zeit untergegangenen Thiere zu finden, oder wie in Nord-Amerika ein mit Steinwaffen erlegtes Riesenmissourium zu entdecken.

Die erste Geschichte des Menschen liegt also immerhin noch in ein Dunkel verborgen. Um so mehr muss es auffallen, durch Ueberlieferung eine Nachricht zu erhalten, die gerade für die Geologie jener Zeitperiode von grösster Wichtigkeit ist, und gewissermaassen eine Bestätigung der einstmaligen Verbindung Europas mit Amerika enthält, obgleich wir meinen sollten, dass diese Verbindung längst schon aufgehoben war, als das Menschengeschlecht auf dieser Schaubühne auftrat. Diese merkwürdige Stelle findet sich in dem von Plato überschriebenen Gespräche Timäus. Hier

wird geradezu von einer grossen Insel Atlantis gespro-
chen, die jenseits der Säulen des Herkules gelegen, der
Sitz eines sehr mächtigen Volksstammes war.

Ein Priester von Saïs macht Solon, der nach
Aegypten kam, um die Weisheit dieser Kaste kennen
zu lernen, jene merkwürdige Mittheilung, die zwar mit
mancherlei historischen Unzukömmlichkeiten geschmückt
erscheint, aber in so ferne unsere Aufmerksamkeit er-
regen muss, wie ein ägyptischer Priester zu dieser
Sage, oder wie Platon zu dieser seltsamen, man möchte
sagen abenteuerlichen Vorstellung gelangte.

Hören wir Platon selbst.

Nachdem der erwähnte Priester zuerst darauf hinweiset, wie nur Aegypten das Land sein könne, wo sich
Spuren der ältesten Begebenheiten des Menschengeschlechtes erhalten haben, eröffnet er Solon, dass
Griechenland und namentlich Athen schon eine sehr
alte Geschichte habe, die leider im Lande selbst verloren gegangen sei; er machte ihn aufmerksam, wie
dieses Land von der Göttin Neith (Athenae) noch früher als Saïs gegründet, schon in den ältesten Zeiten
eine geordnete Staatsverfassung, eine grosse geistige
und strategische Macht besass. „Denn da," so spricht
er, „die Göttin den Krieg eben sowohl als die Weisheit
liebt, wählte sie denjenigen Ort aus zur Gründung eines
Staates, welcher die ihr ähnlichsten Männer hervorbringen würde. Unter solchen Gesetzen und noch schö-
neren staatlichen Einrichtungen lebtet ihr damals, alle
anderen Menschen an Tugend übertreffend, wie es sich
für solche geziemt, die von Göttern entsprossen und
erzogen sind. Viele nun und grosse Werke eures
Staates, die hier (in unseren Schriften) verzeichnet sind,

setzen in Erstaunen. Eines aber übertrifft alles andere
an Grösse und Herrlichkeit. Denn die Schriften be-
richten, wie euer Staat einst ein Ziel setzte einer Macht,
die in grossem Uebermuthe gegen ganz Europa und
Asien heranzog, von jenseits hereinbrechend aus dem
atlantischen Meere, denn damals konnte man jenes
Meer beschiffen. Vor jener Mündung nämlich, welche
ihr nach eurer Aussage die Säulen des Herkules nennt,
lag eine Insel, grösser als Lybien und Asien zusammen.
Von ihr konnten damals die Seefahrer zu den andern
Inseln kommen, und von diesen Inseln auf das ganze
Festland gegenüber, welches um jenes eigentliche Meer
sich ausdehnte. Denn das Meer, welches innerhalb
jener Mündung liegt, von der wir reden, scheint ein
See mit enger Einfahrt, jenes aber würde mit vollem
Rechte ein Meer und das daran stossende Land ein
Festland genannt werden.

Auf dieser grossen atlantischen Insel nun bestand
ein grosses und wunderbares Königreich, welches über
die ganze Insel herrschte und über viele andere Inseln
und Theile des Festlandes. Ausser dem beherrschte es
auf der anderen Seite Libyen bis nach Aegypten und
Europa bis nach Tyrrhenien. Diese gesammte Macht
nun, zu einer einzigen vereinigt, versuchte damals euer
und unser Land und alle Gegenden innerhalb der Mündung in Einem Laufe zu unterjochen. Damals nun,
o Solon, strahlte die Macht eures Staates vor allen
Menschen durch Tapferkeit und Stärke hervor.

Allen vorangehend durch Muth und kriegerische
Künste, sei es als Führer der Hellenen, sei es noth-
gedrungen alleinstehend in Folge des Abfalles der andern, gerieth er in die grössten Gefahren, schlug aber

die Angreifenden zurück und errichtete Siegeszeichen.
Er verhinderte auch, dass die noch nicht Unterjochten
unterjocht wurden; die andern aber, so viele ihrer
innerhalb den Säulen des Herakles wohnen, machte er
frei ohne Missgunst.

Als aber in späterer Zeit ausserordentliche Erd-
beben und Fluthen eintraten, bewirkte ein schlimmer
Tag und eine schlimme Nacht, dass euer ganzes ver-
sammeltes streitbares Heer von der Erde verschlungen
wurde, und zugleich die Atlantisinsel eben so in's Meer
versank.

Desshalb ist auch jetzt jenes Meer unzugänglich
und schwer zu erforschen, da der tiefe Schlamm, welchen die Insel beim Versinken gebildet hat, die Schiff-
fahrt verhindert."

So weit diese merkwürdige Stelle im Timäus, die
auf ihre richtige Erklärung zurückzuführen, sich bisher
Geschichts-, Sprach- und Naturforscher, wie es scheint,
vergeblich bemühten[6]). Dass der Kern dieser Erzählung ganz und gar im Reiche der Phantasie liege,
wäre doch wunderbar anzunehmen, da, wie wir eben
gezeigt haben, gerade das wichtigste Substrat derselben,
ein im atlantischen Ocean befindliches Festland dereinst existirt hat.

Mir steht es nicht zu, diese Sage in Verbindung
mit den geologischen Thatsachen und den daraus ge-
zogenen Schlüssen zu bringen, noch weniger Platon's
Mistification oder die Prahlerei eines ägyptischen Priesters in ihr wahres Licht zu stellen. So viel Voraus-
sicht aber glaube ich mir zutrauen zu dürfen, dass
durch ein vereintes Bemühen der Natur- und Sprachforschung wie dieses so auch manch anderes Räthsel

über die Urgeschichte des Menschengeschlechtes gelöset werden wird, die wir gegenwärtig als brennende Fragen in der Entwicklung unseres Geistes betrachten.

Möge diese Aeusserung eines modernen Priesters der Natur nicht wie jene des Priesters zu Saïs für eine eitle Ueberschätzung menschlicher schwacher Kräfte angesehen werden!

ANMERKUNGEN.

[1]) Eine genauere, auf sichere Grundlagen gestützte Zusammenstellung der vorzüglichsten fossilen Arten mit den ihnen entsprechenden nordamerikanischen jetzt lebenden Typen gibt folgendes Verzeichniss.

Flora tertiaria.	Flora boreali-americana.
Liquidambar europaeum Alx. Brn.	*Liquidambar styracifluum* Lin.
Liriodendron Procaccinii Ung.	*Liriodendron tulipifera* Lin.
„ *helveticum* Heer.	
Pavia Salinarum Ung. (fruct.)	
„ *septimontana* Web. (fol.)	*Pavia macrostachya* DC.
„ *Ungeri* Gaud. (fol.)	
Nyssa Ornithobroma Ung.	*Nyssa aquatica* Lin.
Cissus oxycoccos Ung.	*Cissus acida* Lin.
Robinia Hesperidum Ung.	*Robinia Pseudacacia* Lin.
Taxodium dubium Stenb. sp.	*Taxodium distichum* Rich.
Sequoia Langsdorfi Brong. sp.	*Sequoia sempervirens* Endl.
Platanus aceroides Göpp.	*Platanus occidentalis* Lin.
Ostrya Atlantidis Ung.	*Ostrya virginica* Willd.
Acer trilobatum Alx. Brn.	*Acer rubrum* Ehr.
	„ *dasycarpum* Ehr.
Juglans tephrodes Ung.	*Juglans cinerea* Lin.
„ *elaenoides* Ung.	„ *olivaeformis* Michx.
„ *hydrophila* Ung.	„ *aquatica* „
Glycyrrhiza Blandusiae Ung.	*Glycyrrhiza lepidota* Nutt.
Cercis radobojana „	*Cercis canadensis* Lin.
Laurus primigenia „	*Laurus canariensis* „
Rhododendron megiston „	*Rhododendron maximum* Lin.

Cissus oxycoccos	Ung.	*Cissus acida* Lin.
Bumelia Plejadum	,,	*Bumelia tenax* Willd.
Quercus tephrodes	,,	*Quercus cinerea* Michx.
,, *chlorophylla*	,,	,, *virens* Ait.
,, *elaena*	,,	,, *oleoides* Schlecht.
,, *myrtilloides*	,,	,, *myrtifolia* Willd.
,, *Apollinis*	,,	,, *laurifolia* Michx.
,, *Drymeja*	,,	,, *xalapensis* H. B.
,, *Lonchitis*	,,	,, *lancifolia* Schlecht.
,, *Daphnes*	,,	,, *laurifolia* Tratt. (*aquatica* Soland.)
Prunus Mohikana	,,	*Prunus caroliniana* Ait.
n Euri	,,	,, *pumila* Lin.
Ilex parschlugiana	,,	*Ilex opaca* Ait.
,, *stenophylla*	,,	,, *angustifolia* Lin.
Rhus Herthae	,,	*Rhus Toxicodendron* Lin.
,, *stygia*	,,	,, *glabra* Lin.
,, *Pyrrhae*	,,	,, *aromatica* Ait.
Rhamnus Eridani	,,	*Rhamnus carolinianus* Wall.
Ulmus bicornis	,,	*Ulmus alata* Michx.
Ceanothus ziziphoides	,,	*Ceanothus americanus* Lin.
Pinus Oceanines	,,	*Pinus Douglasii* Sab.
,, *lanceolata*	,,	,, *canadensis* Ait.
,, *balsamodes*	,,	,, *balsamea* Lin.
,, *Leuce*	,,	,, *alba* Ait.
,, *Göthana*	,,	,, *Teocote* Cham.
,, *ambigua*	,,	,, *patula* Schlecht.
,, *rigios*	,,	,, *rigida* Mill.
,, *Mettenii*	,,	,, *Montezumae* Lam.
,, *hepios*	,,	,, *mitis* Michx.
,, *Freyeri*	,,	,, *inops* Soland.
,, *centrotos*	,,	,, *pungens* Michx.
,, *furcata*	,,	,, *Bankseana* Lamb.
,, *Kotschyana*	,,	,, *monticola* Dougl.
,, *spicaeformis*	,,	,, *Strobus* Lin.

[2]) Wie wenig das Meer und seine Wellen als bewegende Kraft zur Verbreitung von Pflanzen dienen könne, haben wie früher Darwin, Berkeley und Salter, neuerlichst Alph. de Dandolle u. Martins durch Versuche zu erweisen gesucht. Von 98 Arten, die als Samen dem Versuche unterzogen wurden, haben nach sechswöchentlichem Aufenthalte im Meere nur 19 und nach dreimonatlichem Aufenthalte daselbst nur 7 Arten ihre Keimfähigkeit erhalten, alle übrigen sind früher verfault oder im Wasser untergegangen und würden daher nicht fähig gewesen sein an ein fernes Ufer zu gelangen. (Bibl. univers de Genève 1858. I. p. 89—92. N. Jahrb. f. Min. 1858. p. 877.)

[3]) Die näheren Angaben hierüber siehe in O. Heer's Tert. Flora der Schweiz. Bd. III. p. 315.

[4]) Ein ausführliches Verzeichniss grösstentheils O. Heer's Untersuchungen (Ueber die fossilen Pflanzen von St. Jorge in Madera. Neu. Denkschrift d. all. schweiz. Gesellschaft. Bd. XV. und Tert. Flor. d. Schweiz. Bd. III.) entnommen, liefert nachstehende Parellisirung:

Flora tertiaria.	Flora atlantica.
Woodwardia Rossneriana Ung.	*Woodwardia radicans* Cav.
Pteris Göpperti Web.	*Pteris arguta* Vahl.
Aspidium elongatum Heer.	*Aspidium affine* Lowe.
Cheilanthes Laharpii „	*Cheilantes fragrans* L. sp.
Myrica salicina Ung.	*Myrica Faya* Lin.
Persea Braunii Heer „ speciosa „	*Persea indica* Spgl.
Laurus princeps „	*Laurus canariensis* Sm.
Clethra teutonica Ung.	*Clethra alnifolia* Lin.
Olea Osiris Ung.	*Olea excelsa* Ait.
Salix varians Gopp.	*Salix canariensis* Sm.

Von 27 im Lignitlager von St. George auf Madera aufgefundenen fossilen Pflanzen sind bereits 7 Arten ausgestorben.

[5]) O. Heer macht es auf umsichtige Berechnungen gestützt sehr wahrscheinlich, dass das Klima der untermiocenen Zeit wohl um 9° C., der obermiocenen Zeit um 7° C., also ein Mittel um 8° C. wärmer gewesen sei als das gegenwärtige von Mittel-Europa. (Flor. tert. Helv. II. p. 333.)

[6]) Aber auch von anderer Seite her findet die Annahme einer Verbindung Europas mit Amerika Unterützung. Ich erwähne nur den

gleichartigen Character der Küstenfauna beider Welttheile, die nur aus einem ehemaligen Zusammenhange beider Erdtheile eine Erklärung finden kann. Auch die Insectenfauna der Tertiärzeit bietet mehr Analogien mit Amerika als mit anderen Welttheilen. So führt z. B. Heer ein *Belostomum* von Oeningen an, welches nur im *Belostomum giganteum* von Brasilien seinen nächsten Verwandten hat. Dasselbe gilt nun auch von der ursprünglichen Bevölkerung Amerikas, die mit jener der canarischen Inseln und Afrika's im engeren Zusammenhange steht. Retzius (Archiv f. Phys. 1858. p. 134.) hält es für sehr wahrscheinlich, dass die dolichocephale Urbevölkerung Amerikas (Guaranis, Caraiben etc.) mit den Guanchen auf den canarischen Inseln und mit den atlantischen Völkern in Afrika (den Mohren, Berbern, Tuariks, Kopten u. s. w. näher verwandt sei. Die Aehnlichkeit der Schädel von Guaranis in Brasilien, der Guanchen und der Kopten sei in die Augen springend. —

Eine Uebersicht der Literatur über die Atlantis dürfte hier nicht am unrechten Orte stehen.

Ausser den beiden Dialogen Platons: Timäus. Vol. III. p. 20 bis 25 und Critias p. 109—127. (Plat. t. IX. p. 287—297 t. X. p. 39—66, ed. Bip.) sind zu nennen:

Diodor Sic. III. 207. cpp. 54. ff.

Ammian Marcell. 1. 17.

(Sie bestätigen, dass die Aegypter Kunde von der Atlantis hatten.)

M. Bailly, Lettres sur l'Atlantide de Platon et sur l'ancien histoire de l'Asie. Paris 1779.

(Er erklärt die Sage von der Atlantis und dem Reiche daselbst nicht für eine Fabel, setzt dasselbe aber nicht im Westen sondern im Osten von Europa.)

„Je crois vous avoir suffisamment prouvé, que les Atlantes ne sont venus en Égypte que par l'Asie, qu'ils étaient descendus du Caucase." p. 425.

A. Humboldt, Examen critique de l'histoire de la géographie du nouveau continent. Paris. 1836. I. p. 167.

(Humboldt hält die Sage der Atlantis für Reminiscencen partieller im Mittelmeere in historischer Zeit vor sich gegangener plutonischer Umwälzungen (Lyctonie), welche die Phantasie nur vergrösserte. Er gibt an, dass Raffles eine ähnliche Tradition vom Untergange einer Insel bei den Bewohnern des indischen Archipels vernommen habe, und schliesst mit folgenden Worten: „Des mythes de l'ancienne limite occidentale du monde connu ‚peuvent donc avoir eu quelque fondement historique. Une migration de peuples de l'ouest à l'est, dont le souvenir est conservé en Égypte, a été reporté à Athènes et célebré par des fêtes religieuses, peut appartenir à des temps bien antérieurs à l'invasion des Perses en Mauritanie, dont Salluste a reconnu les traces, et qui, également pour nous, est enveloppée de ténèbres".)

Branston, Misc. a. d. n. ausländ. Literat. VIII.

(Macht in seinen Untersuchungen über St. Helena auf die Inseln Ascension u. a. als mögliche Reste der Atlantis aufmerksam.)

Letrone, Essai sur les idées cosmographiques, qui se rattachent au nom d'Atlas. 1831.

(„La fable de l'Atlantide, que Platon raconte et amplifie sans doute dans le Timée et le Critias, a été tirée d'un poème mythico-politique, que Solon composa sur la fin de sa vie, pour réveiller le courage et le patriotisme des Athéniens. Il donna les prêtres de Saïs pour auteurs du récit principal, comme un moyen d'en augmenter le credit.

Solon mourut en 559 avant notre ère: son poème a dû être composé entre 570 et 560, environ soixante dix ans après le voyage de Colaeus de Samos, et plus de deux cents ans avant la rédaction du Critias."

Platon, noch ein Kind, hörte von seinem Grossvater Critias, der damals 90 Jahre alt war, die Erzählung von der Atlantis, dieser aber wurde gleichfalls noch in seiner Jugend von Solon, der ein Freund seines Vaters Dropidas war, von dieser merkwürdigen Begebenheit unterrichtet. (Platon und Solon waren 210 Jahre auseinander.)

Boek, (Bekkeri Coment in Plat. t. II. p. 395.)

(So wie die grossen Panathenaeen, wobei man den Schleier (peplum) der Minerva in festlicher Procession trug, die Erinnerung an den Kampf und Sieg der olympischen Götter mit den Riesen feierte, waren die kleinen Panathenaeen, bei denen man einen andern Schleier trug, dazu bestimmt, das Gedächtniss der Uebermacht der Athener als Schützlinge und Zöglinge derselben Göttin in dem Kriege mit den Atlanten festgehalten.)

Ch. Bunsen, Aegyptens Stelle in der Weltgeschichte VI.

(„Nimrod's Name und sein Eroberungszug, dürfte, wie wir wahrscheinlich gefunden, den geschichtlichen Kern der Atlantissage bilden." p. 314.

Bunsen ist geneigt in dem Kuschiten Nimrod jenen Eroberer zu bezeichnen, d. i. einen aus Aethiopien wieder hervorgebrochenen Turanier oder Ur-Scythen. „Die Turanier, sagt er, sind die ältesten Einwohner Spaniens und des südlichen Frankreichs, wie die Sprache der Iberer (Vasconen) beweiset. Mayer hat nachgewiesen, dass der älteste Zug der keltischen Völker über Afrika nach Spanien kam, und von dort erst weiter vordrang." „Atlantis aber geht auf Atlas zurück und also auf Nordafrika."

„Dieses halte ich für den geschichtlichen Grund der Erzählung von dem Kriege jenes welterobernden Königs. Die verschwundene Insel Atlantis aber sehe ich als eine reine Erdichtung an, welche in der Voraussetzung oder urweltlichen Kunde von einer gewaltsamen Trennung der beiden Weltthelle bei Gibraltar ihre Veranlassung hat. Eine solche Fabelgestalt mochte die alte Nachricht ganz wohl früher oder später in Saïs angenommen haben." p. 33.)

P. Flourens, Des manuscrits de Buffon. Paris. 1860.

(pag. 261 ist eine Kritik der Sorbonne über Buffon's Ansicht über die Atlantis.)

II. Ueber die physiologische Bedeutung der Pflanzencultur.

Cultur heisst das Losungswort, das die Menschheit, über welche Zone sie ausgebreitet, in welche Völkerschaften sie zerspalten ist, sich gegenseitig gegeben hat. Nicht zufrieden mit dem Bestande der Dinge, folgt sie nur einem inneren angebornen Drange, in dieselben die gleichen Bewegungen, Veränderungen und Umwälzungen zu bringen, die sie selbst erfüllet und den Grundzug der Wesenheit ihrer Natur ausmacht.

Wo der Mensch im Conflicte mit der umgebenden Natur trat, blieb sie nicht unberührt von diesem verändernden Einflusse, und musste sich gefallen lassen, den Stempel seiner Wirksamkeit, seines Genius zu empfangen. Das Bedürfniss hat den festen Stein zum Keile geschärft, das Eisenerz zum Werkzeuge gehärtet. Das Bedürfniss war es auch, das den Marmorblock zum Götterbilde verwandelte und ihm Leben und Geist einhauchte.

Nicht weniger als die leblose Natur hat auch die belebte dem Menschen viel näher stehende Welt dessen verändernden Einfluss von jeher erfahren. Zunächst durch eines der grössten und unausweichlichsten Bedürfnisse auf die organische Natur hingewiesen, war es kaum anders möglich, als dass die natürlichen Bande, in denen sie sich befand, gelockert und dafür neue Fesseln angelegt wurden.

Das Herbeiziehen der Thier- und Pflanzenwelt in die Nähe seiner Thätigkeitsäusserungen musste eben so nothwendig und unaufhaltsam erfolgen, als der Conflict umfassender und andauernder wurde.

Selbst der roheste, von den civilisirenden Mittelpunkten entfernteste Mensch lebt gegenwärtig mehr oder weniger in einem Kreise von Pflanzen und Thieren, die er an sich herangezogen, oder die ihm von selbst gefolgt sind. Die Frage, wie sich diese lebenden Wesen dabei verhielten, wie viel sie von ihren natürlichen Eigenthümlichkeiten verloren, was sie gewonnen und vielleicht nur dadurch sich dem Menschen unentbehrlich gemacht haben, ist gewiss einer näheren Betrachtung würdig.

Diese Frage in ihrem ganzen Umfange zu beantworten, würde mehr Zeit und Kenntnisse in Anspruch nehmen, als mir zu Gebote steht; dagegen glaube ich allerdings den Versuch wagen zu dürfen, das, was von dieser Frage zunächst die Pflanzenwelt angeht, einer genauern Besprechung zu unterziehen. Was versteht man unter Cultur der Pflanzen? Worin liegt das Wesen jener Veränderungen, die sie in Folge derselben erleiden? Ist die Cultur in der That als eine Veredlung der Pflanzennatur zu bezeichnen?

Im gewöhnlichen Leben geht man über diese und ähnliche Anforderungen des Forschungstriebes hinaus, man begnügt sich mit dem Resultate, ohne in Erfahrung zu bringen, von welcher Art dasselbe beschaffen und wie es erzielt worden ist. Der Empirismus hat keine anderen Fragen, als nach der Methode. Was die Dinge sind, wie sie sich verändern und gestalten, nach welchen Gesetzen dieses geschieht, darüber gibt sich derselbe keine Rechenschaft, er überlässt dies der Wissenschaft, die, obgleich langsamen aber sicheren Ganges häufig der Emperie dabei nicht Schritt zu halten im Stande ist.

Für diejenigen jedoch, die sich das Studium der Lebenserscheinungen der Pflanzen zur Aufgabe gestellt oder zu ihrem Berufe gemacht haben, erscheinen Fragen wie diese keineswegs eitle und müssige Bestrebungen. Sie allein sind es, die uns in die Werkstätte der Natur einführen, die uns dieselbe in ihren grossartigsten Entwürfen und in den exactesten Ausführungen zeigen, die uns aber auch über die Mittel und Wege Auskunft ertheilen, deren sie sich für diese ihre Wirkungen bedient, und die wir nur eben so in Anwendung zu bringen brauchen, um dieselben oder ähnliche Effecte hervorzubringen. Erst von der Zeit an, als die Kenntniss des inneren Baues der Pflanzen und die Wirksamkeit ihrer Stoffe die Grundlage unserer Forschungen bildet, sind wir auch im Stande, über die mysteriösen Vorgänge der Cultur, über das Wesen jener Veränderungen so wie über die Mittel derselben Rechenschaft zu geben.

Erlauben Sie mir nun, dass ich Ihnen von diesem wissenschaftlichen Standpunkte, der erst einen Gewinn der letzten Decennien dieses Jahrhunderts bildet, die Frage nach dem Wesen der Cultur etwas umständlich auseinandersetze.

Bei der Zartheit des Baues des vegetabilischen Körpers, bei der leichten Empfänglichkeit desselben für

äussere Einflüsse kann es uns gewiss nicht Wunder
nehmen, wenn wir die Pflanzen im nahen Umgange
mit dem Menschen bald etwas von ihren Eigenthümlichkeiten verlieren, bald neue Eigenschaften gewinnen
sehen.

Wir wollen zuerst nicht die Einwirkungen, nicht
die Ursachen, sondern die Resultate derselben, die
Producte der Cultur eines näheren Blickes würdigen.

Eine etwas aufmerksame Betrachtung führt uns
bald auf die Unterscheidung von wildwachsenden und
cultivirten Individuen, und wir anerkennen in diesen
eine Summe von Eigenthümlichkeiten, welche den andern fehlt, ja die um so auffallender wird, je höher
der Grad der Cultur steigt, in dem sie sich befinden.

Mustern wir unsere Culturpflanzen durch, so finden
wir, dass beinahe kein Theil der Pflanze ist, der durch
den Einfluss derselben nicht Veränderungen zu erleiden
im Stande ist. Von der Wurzel bis zum Samenkorn
sehen wir an verschiedenen Pflanzen bald diesen, bald
jenen Theil in einer von dem gewöhnlichen Maasse der
Ausbildung begriffenen Abweichung. Der harmonische
Dreiklang ist durch alle Tonintervalle bis zu dem disto-
nirendsten Accorde gesteigert.

Am schönsten tritt dies hervor, wo wir im Stande
sind, den Wildling neben den Culturpflegling zur Ver-
gleichung zusammen zu stellen. Die Mohrrübe und die
Stachelbeere mögen als Beispiele dienen. Betrachtet
man die einjährige Wurzel der Mohrrübe, wie sie auf
unsern Wiesen und Feldrainen wächst, so ist sie klein,
unansehnlich, kaum von der Dicke einer Federspule,
wenig schmackhaft, zähe, kurz in dieser Form wenig
geeignet auf den Namen eines nahrhaften Gemüses

Anspruch zu machen. Wie ganz anders wird diese Pflanze schon nach einigen Generationen in der Hand der Cultur. Sie schwillt nach allen Dimensionen nach und nach beträchtlich an. Das Parenchym, der Träger der nahrhaften und angenehm schmeckenden Stoffe vermehrt sich sowohl im Mark als im Rindentheile ausserordentlich, während der zwischen beiden liegende Holztheil sich ebenfalls so zu sagen zu einem parenchymatosen Gebilde umwandelt, und kaum nach seiner ursprünglichen Beschaffenheit mehr zu erkennen ist. Die kleine Wurzel wird dadurch dick, sie wird zart und saftig, und enthält eine Fülle von schleimigen, süssen Bestandtheilen.

Die auf solche Art plumpe Wurzel ist zwar dadurch in ein grosses Missverhältniss zu den übrigen Theilen der Pflanze getreten, allein sie ist nahrhafter und schmackhafter geworden, und erfüllt in diesem Zustande die Zwecke ganz, die man durch die Cultur in dieselbe legte.

Aehnlich, nur in anderer Weise verhält sich die cultivirte Stachelbeere zum gebirgsbewohnenden Wildlinge. Hier ist es nicht die Wurzel, sondern die Frucht, welche unter dieselben Cultureinflüsse gestellt, sich in gleicher exorbitirender Weise gestaltet. Die Frucht des wilden Stachelbeerstrauches ist nur von der Grösse einer Erbse. Eine steifharige derbe Haut überzieht ein mageres sauer schmeckendes Parenchym, in welchem mehrere grosse steinharte Samen sitzen, die fast den Hauptbestandtheil dieser Beerenfrucht ausmachen. Wie anders sieht die Frucht der cultivirten Pflanze aus! Dieselbe stellt eine bald runde, bald längliche glatte Frucht vor, die fast die Grösse einer Pflaume erreicht.

Das magere Parenchym ist zu einer reichen Quelle des süssesten und wohlschmeckendsten Saftes geworden, in dem sich die kleinen und zum Theil sogar verschwindenden Samen verlieren. Aber auch die übrigen Theile der Pflanze haben von der ruden, stachligen Bauerntracht viel verloren, und sehen nun geglätteter, schmucker und gestriegelter aus; alles Wirkungen der Cultur, die auch hier gewissermaassen eine Adaptirung, Verbesserung der ursprünglichen Eigenschaften bewirkt, die im Grunde nur auf einer mehr oder weniger einseitigen Durchbildung der Pflanzennatur beruht. Ganz das Gleiche liesse sich auch für die Traube nachweisen. Es würde mich zu weit führen, noch mehrere Beispiele der Art durchzugehen, allein ich halte es nicht für überflüssig, die Hauptformen dieser Culturumwandlungen in flüchtigen Umrissen in Betrachtung zu nehmen, mehr, um dadurch Ihre Aufmerksamkeit auf die Mannigfaltigkeit der Mittel, welche die Natur auf diesem Wege entfaltet, zu lenken, als auf die Unterschiede aufmerksam zu machen, die in einzelnen Fällen dabei stattfinden.

Wir wollen die Revue der Culturpflanzen mit der Wurzel beginnen und mit dem Samen schliessen.

Der vorerwähnte Fall von der Mohrrübe findet auch an der gemeinen weissen Rübe, am Radischen u. s. w. statt, wo zwar nicht die ganze Wurzel, sondern mehr der sogenannte Wurzelhals diese Volumsveränderung erfahren hat.

Dass solche an Masse bedeutend vorgeschrittene, zugleich aber auch an Nahrhaftigkeit für Menschen und Thiere bereicherte Pflanzentheile als ein Ergebniss der Cultur betrachtet werden können, steht ausser

Zweifel. Weder die eine noch die andere der genannten Pflanzen und so auch noch viele andere würden im gewöhnlichen Zustande und unter den in der Regel vorkommenden Verhältnissen zu dieser Umstaltung der Form und zu der partiellen Anhäufung der Substanz gelangt sein.

Ganz ähnliche Verhältnisse bietet die Pflanzencultur an unsern Runkelrüben, an den Kohlrüben, an den Bataten, Mandioca, den Yams, Kartoffeln und vielen andern Pflanzen dar. Hier sind es zwar nicht die Wurzeln, sondern die derselben zunächst liegenden Stengeltheile, welche ähnliche Anschwellungen erfahren.

Wer weiss es nicht, bis zu welcher monströser Ausdehnung, bis zu welcher massenhaften Vervielfältigung jene knolligen Auftreibungen gelangen können, und dadurch zu dem reichlichsten Dépôt für Stärkemehl, Gummi, Zucker, Eiweiss, kurz alle jene Stoffe werden, die zu den besten und nährendsten Substanzen gehören. Wenn die wilde Kartoffelpflanze nur mit wenigen erbsengrossen Knöllchen versehen ist, so müssen wir den Einfluss der Cultur gewiss bewundern, wenn daraus ein Korb voll faustgrosser Knollen geworden ist.

Ich übergehe die Culturreformen, welche die Stengel anderer Nutzpflanzen darbieten, die uns für Nahrungs- und industrielle Zwecke dienen, wie der Flachs, der Hanf, der Spargel u. s. w., und wende mich zur Betrachtung blattartiger Theile und deren Veränderungen.

Was zuerst die Laubblätter betrifft, so bieten uns die wildwachsenden und namentlich krautartigen Pflanzen in den seltensten Fällen eine solche Fülle von Blättern und eine solche Ausdehnung ihrer Substanz dar, dass sie zu unseren ökonomischen Zwecken ver-

wendet werden können. Die Cultur aber verleiht ihnen
beides. Sie ist im Stande, in diesen Theilen eben so
wie in Stengeln und Wurzeln gewisse Substanzen
aufzuspeichern, und ihnen dadurch eine erhöhte Brauch-
barkeit zu ertheilen. Wir erstaunen mit Recht, wenn
wir z. B. unsere Kohl- und Krautpflanzen, wahre Gi-
ganten der Blattausbildung mit der ursprünglichen höchst
unansehnlichen Mutterpflanze der Meerstrandsgegenden
vergleichen. Fast hat sich bei ihnen der ganze Pflanzen-
leib in ein saftiges Laubwerk verwandelt. Ja nicht
viel anders hat es auch der Salat und die Endivie,
deren Stammältern wir merkwürdig genug auf den Sa-
vanen Cordofans und in den Hochebenen Nepauls zu
suchen haben, gemacht. Was soll ich endlich von den
cultivirten Zwiebelarten sagen, ohne welche vielleicht
der Bau der schönsten und grössten Pyramide Aegyptens
nicht möglich geworden wäre. Ich übergehe eine Menge
der hieher einschlagenden Gemüsearten und lenke nur
noch Ihre Aufmerksamkeit auf den leckeren Blüthen-
kopf der Artischocke, der sicherlich auch nur durch die
Bemühungen der alten Aegypter das geworden ist,
was er gegenwärtig ist.

Gehen wir zu den Blüthen selbst über, so finden
wir, dass die Cultur hier ein ungemein reiches Feld
ihrer Wirksamkeit gefunden hat, wenn gleich die Zwecke
dabei mehr ästhetischer als materieller Natur sind.
Zwar bringt die Cultur an der Blüthe auch ähnliche
Veränderungen wie an den übrigen Pflanzentheilen
hervor (Blumenkohl), doch sind es hier weniger Anschwellungen und Vergrösserungen der Theile, als Far-
benveränderungen und Umwandlungen der Gestalt
und Beschaffenheit derselben. Vergleicht man z. B.

die auf unsern Bergwiesen wildwachsende Schlüssel-
blume mit der cultivirten Gartenpflanze, so ist alle Veränderung, welche dabei erfolgt ist, auf den Kelch be-
schränkt, der sich in eine Corolle verwandelt, und so
die ursprünglich einfach trichterförmige Gestalt derselben gleichsam verdoppelt hat. Im wildwachsenden
Wasserholder (*Viburnum Opulus* L.) zeichnen sich schon
die Rand- oder Strahlenblüthen durch ihre Grösse und
durch den Mangel der Geschlechtsorgane vor den
übrigen Blüthen der breiten Trugdolde aus. Geht derselbe eine Cultur ein, so verwandeln sich alle Blüthen
in solche geschlechtslose Blüthen, dabei verkürzen sich
die äussern Blüthenstiele, und es wird der sogenannte
Schneeball unserer Bosquete daraus.

Ganz ähnliche Verhältnisse bieten alle korbblüthigen
Pflanzen, wenn sie sich füllen, dar. Bald gewinnen die
eingeschlechtigen Randblüthen, bald die Discusblüthen
die Oberhand, und verdrängen die andern, woraus dann
entweder eine sogenannte zungenblüthige Spielart, wie
bei den Georginen, oder eine discusblüthige, wie
bei dem Tausendschön hervorgeht. Dass bei diesen
Veränderungen auch Vergrösserungen und Farbenän-
derungen eintreten, versteht sich von selbst.

Aber in einem bei weitem höheren Maasse erfolgen die Verwandlungen, wo auch die Geschlechtsorgane
mit in den Reigen hineingezogen werden, wo Stauborgane, Fruchtblätter, ja selbst der Eierstock sich in
die Larven der Blumenblätter verhüllen. Wir bemerken dergleichen Maskirungen, die man im Allgemeinen Füllung nennt, weniger leicht bei verwach-
senblättrigen Kelch- und Blumenkronen als bei getrennt-
blättrigen. Gefüllte Hyacinthen, Tuberosen, Narcyssen,

Daturen, Glockenblumen, Winden, Daphnen, Verbenen, Rhododendren, Eriken, Gardenien, Symplocos-Arten etc. kommen viel seltener vor, als gefüllte Tulpen, Nelken, Ranunkeln, Mohne, Kreuzblüthige, Veilchen, Balsaminen, Malven, Rosen, Ribes- und Myrtenartige, sowie Pomaceen, Ternstroemaceen etc., gleichsam als begünstige die ursprüngliche Trennung der Blumentheile die Auflösung der übrigen Theile der Blüthe und ihre weitere Verwandlung.

Ich kann hiebei in die mannigfaltigen und äusserst wunderbaren Formen, welche durch diese Verwandlungen erzielt werden, wohl nicht eingehen, doch darf ich nicht verschweigen, dass bei der Fülle von Blumenblättern, die dadurch in einer Blüthe entstehen, an eine geschlechtliche Fortpflanzung nicht zu denken ist, und daher die stolze, im Farbenschmuck prangende Blume der einfachen in dieser Beziehung nachsteht.

Betrachten wir endlich noch die Veränderungen, welche die Cultur in der Frucht und im Samenkorne ihrer Pfleglinge hervorruft.

Wenn die Veränderungen der Blumen mehr auf eine Vermannigfachung, auf eine Variation in der Architektur hinausgehen, so sind die Culturveränderungen der Frucht und des Samenkorns weniger plastisch als stofflich, und geben sich in Vergrösserungen, Anschwellungen, Saftveränderungen u. s. w. kund, ohne dabei bedeutende Formveränderungen damit zu verbinden. Die Culturen dieser Art sind Legionen. Aus der grossen reichen Menge mögen nur einige Beispiele zur Orientirung hier angeführt werden.

Wem ist es nicht bekannt, dass alle unsere zahlreichen edlen Aepfelsorten, die bereits über 1000 hinausgehen, von dem Holzapfel, dem Proletarier unserer

Bergwälder abstammen. Aus seinem spärlichen, mageren, herben und sauern Fruchtfleische, das den Gröps umgibt, hat sich die süsseste, saftigste, würzhafteste und üppigste Nahrungsquelle entfaltet. Wer vermag in dem Zigeuner-, Herrn-, Gross-Mogul- und Kaiserapfel, in dem Danziger, Borsdorfer, Tiroler, im französischen und englischen Apfel, in dem Seiden-, Wachs-, Taffet, Glas- und Lederapfel noch den ungeschlachten Vater Adam unserer Heimath zu erkennen?[1]) Hat hier die Cultur nicht Wunder gewirkt? Aber haben etwa die übrigen Obstarten, die Kirschen, die Pfirsiche, Aprikosen, die Feigen, Orangen, die Guaven, die Mangostanen, Bananen, Ananas der Tropen u. s. w. eine andere Abstammung gehabt, als von eben so saft- und kraftlosen, herben und derben Vorältern? Wir dürfen sicherlich keinen Augenblick zweifeln, dass die Aepfel der Hesperiden nicht sonderlich geschmeckt, ja dass selbst die Paradiesesfrucht, welche sie auch sein mochte, eben nicht sehr zum Genusse eingeladen haben mag. Hierin stehen wir sicherlich besser als vor 6000 Jahren.

Endlich um auf das Samenkorn und seine Veredlungen durch die Cultur zu kommen, so ist es nur zu sehr bekannt, dass der Reichthum an Oel, an Stärke, an Kleber und den Bestandtheilen, welche zu den ergiebigsten Nahrungssubstanzen des Menschen und der Thiere gehören, in allen jenen Pflanzen beträchtlich zugenommen hat, die dieserwegen in Culturstand versetzt wurden. Die Getreidearten können daher vor allen andern, deren Kornfrüchte gewöhnlich für Samen gelten, als die Brodpflanzen angesehen werden, und es ist jedenfalls bemerkenswerth, dass wir von vielen derselben vergeblich nach ihren Stammältern

suchen, die längst nicht mehr die durch sie glücklich
gewordene Erde bewohnen. —

Nach diesen einleitenden Bemerkungen über die
wichtigsten Veränderungen der Cultur werden Sie gewiss
zunächst die Frage an mich stellen, durch welche Mittel,
auf welche gewöhnliche oder ungewöhnliche Einwirkungen diese Aenderungen im Baue und in der Beschaffenheit der betreffenden Organe zu Stande kommen.

Es kann hier meine Absicht nicht sein, Sie mit
dem Detail der Verfahrungsart, wodurch man in verschiedenen Fällen zu dem gedachten Ziele gelangt, noch
mit den Irrwegen vertraut zu machen, die man so oft
fruchtlos eingeschlagen hat. Es wird vielmehr genügen,
auf die leitenden Ideen, die dabei in Anwendung kommen, und die eben so ein Ergebniss tausendfältiger
Versuche als die Frucht des reifsten Nachdenkens sind,
aufmerksam zu machen. Schon die ältesten Völker, wie
Phönicier, Assyrer, Aegypter, Griechen und Römer,
so wie die Chinesen und Japanesen waren nach und
nach auf empirischem Wege in Besitz dieser Methoden
gekommen. Ja ein grosser Theil unserer Culturgewächse
sind ohne Zweifel nur die Zöglinge jener Völker, die
der Verkehr oder die Macht glücklicher oder tragischer
Schicksale bis zu uns geführt hat.

Lassen Sie mich nun die Hauptgrundsätze, welche
bei dieser natürlichen Magie der Pflanzencultur in Anwendung kommen, in flüchtigen Skizzen durchführen.

Gewiss ist als das einflussreichste Agens unter allen verändernden Einflüssen die Darreichung reichlicher Nahrung zu nennen. Unter übrigens gleichen
Umständen wird jeder Organismus bei reichlicher Nahrung kräftiger und stärker heranwachsen und mehr an

Masse zunehmen, als bei sparsamer oder kaum genü-
gender. Ohne Zweifel sind alle Gewächse in ihrer Verbreitung zunächst von dem Bedürfnisse der Nahrung
abhängig. Die allgemeinen Verhältnisse, die hier eine
üppige, dort eine magere Vegetation bedingen, haben
auf einzelne Pflanzen angewendet bald ein kraftvolleres,
bald ein minder gutes Gedeihen zur Folge gehabt, und
es konnte selbst dem rohesten Menschen nicht entgehen,
bei der Zucht der Pflanzen, die er aus dem Urzustande
in seine Nähe brachte, auf das Moment der Ernährung
sein vorzüglichstes Augenmerk zu richten. Das Samenkorn des Getreides, das mit der Wurzel übertragene
Kraut, der versetzte Strauch und Baum wurde einem
nahrhaften, nothwendig um seine Wohnstatt von selbst
entstehenden Boden anvertraut, und was die Natur an
entsprechenden Bodenbestandtheilen, an hinlänglicher
Bewässerung, an Schutz vor allen widrigen Einflüssen
nicht gab, durch die Kunst ersetzt.

Was für die erste Generation, selbst für eine Reihe
von Generationen sich noch als wirkungslos zeigte, hat
in der Eolge Früchte getragen. Es ist nicht zu zweifeln, dass der wiederholte Anbau der Cerealien von Jahr
zu Jahr, wenn auch keine merklichen, doch immerhin
einige Veränderungen in der Grösse der Pflanze, in der
Reichhaltigkeit der Fruchtbildung, im Mehlgehalte der
Samen und in einer Menge selbst dem schärfsten Auge
entgehenden Eigenschaften hervorbrachte, und dadurch
die Culturpflanze erzeugte.

Viel leichter mögen Veränderungen dieser und ähnlicher Art an den Wurzelgewächsen, an den Gemüsen
und andern krautartigen Pflanzen, durch das wiederholte
Anbauen und durch die Zucht aus kräftigeren Samen

bewirkt worden sein. Die ursprünglichen zarten, schmächtigen Meerstrandspflanzen, die Urväter mehrerer Rüben- und Kohlarten mögen durch kräftigere Ernährung wohl nicht so lange Zeit als die Cerealien gebraucht haben, um als Musterbilder überschwänglicher Gehäbigkeit unserem *hortus pinguis* zur Grundlage zu dienen.

In wie weit auch die Holzpflanzen durch Samenanzucht und Versetzen auf nahrhafteren und günstigeren Boden Veränderungen erlitten, die nicht bloss auf den Stamm und auf das Laubwerk Einfluss nahmen, sondern sich auch auf die Fruchtbildung erstreckte, mögen mehrere unserer Obstarten beweisen.

So ist es gewiss keinem Zweifel unterworfen, dass der wilde Haselstrauch (*Corylus Avellana* L.) bloss durch Versetzen in einen besseren Boden unserer Gärten sich in mehrere Spielarten mit grösseren und verschieden geformten Früchten veränderte, und es ist die Frage, ob nicht auf demselben Wege Pflaumen, Pfirsiche und andere Obstarten einen veredelten Anstrich erhielten.

Im Anbau der Gewächse und in ihrer Verpflanzung ist der Mensch aber sicherlich gar bald auf diejenigen zweckmässigen Operationen gekommen, die ohne weiteres die Ernährung unterstützen, die Ernte erhöhen und verbessern mussten. Die Auflockerung des Bodens und die Bewässerung mussten jedenfalls gar bald so überraschende Wirkungen hervorgebracht haben, dass es begreiflich ist, wie dieselbe gegenwärtig ein System von Grundsätzen der praktischen Agricultur bilden. Darreichung reichlicher Nahrung war und ist und wird immer das Alpha und Omega der landwirthschaftlichen Praxis bleiben.

Mit diesem wesentlichen Momente hängt aber immer, ohne dass man es zu trennen vermag, die Darreichung einer veränderten Nahrung auf das innigste zusammen. Dass dieses bis auf einen gewissen Grad gebracht, mächtig auf die theilweise Alieanation des Pflanzenlebens und seiner Bildungsprocesse einwirken musste, ist von selbst klar. Die omnivoren Thiere, die ausschliesslich mit diesem oder jenem Futter ernährt werden, nehmen bald eine verschiedene Natur an, die sich leiblich und geistig zu erkennen gibt. Der sich von Pflanzen nährende Mensch erlangt andere Eigenschaften, ein anderes Naturell als der fleischessende. Menschen, die vorzüglich oder ausschliesslich von Fischen, Heuschrecken, Schaalthieren u. s. w. leben, erlangen so auffallende Eigenthümlichkeiten, dass sie sich dadurch leicht von anderen unterscheiden lassen. Und die Pflanze, die ganz eigentlich eine assimilatorische Werkstätte genannt werden könnte, sollte in dieser Beziehung weniger empfindlich für Nahrungseinflüsse sein? Diess ist kaum möglich!

Lässt sich der Pflanze auch weniger als einem andereren Organismus eine bestimmte Nahrung aufdringen, so zeigt die Veränderung derselben nichts desto weniger einen Einfluss auf besseres oder schlechteres Gedeihen, sowie auf Veränderungen, die sich besonders in jenen Gewebstheilen ergeben, welche der Assimilation vorstehen. Jede Pflanzenart hat so zu sagen ihren eigenen Geschmack, und gedeiht bei der Kost, die ihr die Natur auf ihrem natürlichen Standorte gegeben hat, am besten. Wird sie in dieser Beziehung in andere Verhältnisse gebracht, so müssen nothwendig Veränderungen

eintreten. Diejenigen derselben, welche ihre Brauch-
barkeit für den Menschen erhöhen, sind gerade erwünscht,
und es muss daher für die Agricultur eine Art von
Studium sein, die Nahrung ihrer Zöglinge nicht bloss
deren specifischen Bedürfnissen anzupassen, sondern
durch dieselben zugleich jene Alienationen vorzube-
reiten, hervorzubringen und zu erhalten, welche die
weniger nützliche wilde Pflanze nach und nach zur
gesuchten Nutzpflanze macht. Das Studium des Pflanzen-
naturells, die zweckmässige Zubereitung und Verabrei-
chung der Nahrung bilden das zweite wichtigste Ca-
pitel der Pflanzencultur. Die Lehre der Bodenmischung
und Verbesserung desselben, die Lehre von dem Dün-
ger und seiner Wirksamkeit, sowie ähnlicher Cultur-
mittel sind die wichtigsten Theile desselben. Wer wird
nicht mit mir übereinstimmen, in der veränderten, che-
mischen Beschaffenheit des Bodens in seinen unendlich
mannigfaltigen Mischungsverhältnissen u. s. w. die kräf-
tigsten Hebel der Pflanzencultur zu suchen. Kein
Mensch zweifelt auch daran, dass sie die Basis des
Ackerbaues bilden, aber wenige denken vielleicht daran,
dass ihnen zugleich jene umwandelnde Kraft zukomme,
die den wirschen Wildling zum gefälligen, edlen Culturgewächse heranzieht.

Ich übergehe, was der Licht- und Wärmeeinfluss
zu bewerkstelligen im Stande ist, wie Pflanzen aus
einem Clima in ein anderes versetzt eben so in ihrer
Entwicklung verrückt, als in ihrer Natur verändert
werden [2]). Auf diese Weise haben sich bekannter Maassen
aus den einjährigen Culturpflanzen Sommer- und Winter-
gewächse gebildet, aus einjährigen sind mehrjährige
oder perennirende Pflanzen geworden und umgekehrt.

Durch diese Veränderungsfähigkeit sind vorzüglich
Pflanzen des wärmeren Süden nach dem kälteren Norden vorgedrungen, wie leicht begreiflich mit Zurücklas-
sung mancher Eigenthümlichkeiten und mit Erlangung
neuer Eigenschaften. Die Acclimatisation ist eine solche
Erziehungsanstalt für derlei Auswanderungs- und Ueber-
siedelungszwecke, und sicherlich auf jene Verhältnisse
gegründet, deren sich die Natur bei der Verbreitung
der Gewächse von ihren ursprünglichen Geburtsstätten
bediente.

Doch wir gehen weiter zu anderen Methoden, die
ursprüngliche Pflanzennatur zu verändern, umzubilden
und derselben fremdartige Eigenschaften aufzunöthigen,
und hier ist vor allen die Verstümmelung, das Beschneiden u. s. w. zu betrachten, allerdings eingreifende
Operationen, die der Gartenchirurgie eben so viel Ehre
machen, als gerade durch dieses System der Bestand
und die Ertragsfähigkeit mehrerer unserer selbst wichtigsten Culturpflanzen gesichert ist. Wer die Rebe
zuerst gepflanzt und wieder gepflanzt hat, ist des Prei-
ses werth, wer sie aber zuerst beschnitt, hat ihr wahr-
haft erst das wilde Fleisch genommen ³). Welcher Un-
terschied ist zwischen der kleinbeerigen sauren und
saftlosen Traube, die hie und da durch Vögel angebaut
in Waldesdickicht vorkommt, und der von süssem Safte
und Aroma überfliessenden Beere unserer besseren Trau-
bensorten. Fast möchte man an der stille schaffenden
bescheidenen Pflanzennatur irre werden, wenn man sieht,
dass hier, wenn auch nicht ausschliesslich, doch wenigstens zu einem grossen Theile das Schneiden und Beschneiden den grossen Umschwung des Fruchtfleisches
hervorbrachte und aus einer ungeniessbaren Art mehr

als tausend verschiedene den Gaumen auf eigene Art reizende Abarten erzeugte.

Lassen Sie mich in Betrachtung ziehen, was mit dem Beschneiden der Reben, dem Beschneiden unserer Obstbäume u. s. w. eigentlich geschieht, und wie es kommt, dass durch dergleichen Amputationen, Trepanationen, Schröpfungen u. dgl. so mannigfaltige Wirkungen der Cultur hervorgebracht werden.

Dass es für die Pflanzen nicht gleichgiltig sein kann, ob sie verstümmelt, oder ob sie unverletzt fortwachsen, ist für sich klar, wenn man weiss, dass in den bei weitem meisten Fällen die Pflanze strenge genommen nicht ein Einzelwesen, sondern einen Familienverein darstellt, in welchem jedes Glied das andere bedingt und auf dasselbe einwirkt. Es wird zwar die Entfernung dieses oder jenes Gliedes den Bestand des Ganzen in nichts gefährden oder aufheben, aber immerhin nicht ohne Einfluss auf denselben vorübergehen. Tausende von Naturwirkungen bringen als Insectenfrass, Frostschäden, als Windbrüche u. s. w. dergleichen Verletzungen hervor, und es ist sicher, dass dadurch mancherlei Veränderungen an den betroffenen Pflanzen erfolgen. Es ist leicht begreiflich, dass zwischen der Wurzel und den durch dieselbe ernährten Pflanzentheilen ein Verhältniss obwaltet. Wird dasselbe dadurch gestört, dass entweder auf der einen oder auf der anderen Seite integrirende Theile wegfallen, so muss zur Aufrechthaltung des Gleichgewichtes ein Vicariren eintreten und es müssen die übrig bleibenden Theile die Function der verloren gegangenen übernehmen.

Schneidet man einem Baum einen Theil seiner ein- oder mehrjährigen Triebe weg, so übernehmen die noch

vorhandenen Triebe den von der unverletzten Wurzel
wie früher aufgenommenen Nahrungssaft und werden
stärker als vor dem ernährt. Nimmt man umgekehrt
der Wurzel einen Theil ihrer aufsaugenden Organe,
ohne gleichzeitige Beschränkung der zu ernährenden
Theile, so tritt das Umgekehrte ein, die Pflanze siecht
aus Mangel an Nahrung.

Tausend Beispiele aus der gemeinen Erfahrung
bestätigen dies Gesetz bis auf die untergeordnetesten
Modalitäten. Will z. B. der Gärtner das üppige Gedeihen der Zweige und der damit verbundenen Theile
einer Pflanze hervorbringen, so entfernt er sorgfältig
Blüthen und Früchte, will er diese begünstigen, so
müssen Theile des Stammes zum Opfer gebracht werden. Es ist bekannt, dass man von einer Kartoffel-
varietät, die nicht blüht und sich besamt, auf die leich-
teste Weise Samen erhält, wenn man ihr Knollen
wegnimmt oder deren Entwicklung hemmt; will man
aber die grösstmöglichen Knollen erlangen, so wird
man von Zeit zu Zeit, und zwar durch mehrere Jahre
hindurch, ihr alle Blüthen und Früchte vernichten.
Indem die Pflanze in allen diesen Fällen das gestörte
Gleichgewicht wieder herstellt, befördert sie aber hie
und da übermässige Ausbildung einzelner Theile, und
das ist es eben, was unseren Interessen entgegenkommt
und sie zufriedenstellt.

Wenn man bedenkt, dass dergleichen mechanische
Operationen, die im Grunde nichts als Verstümmelun-
gen der Pflanzen sind, von den ältesten Zeiten an schon
als eine der vorzüglichsten Methoden der Pflanzencultur
betrieben wurden, so ist nicht zu wundern, wie dieselben in der modernen Gartenkunst zu einer Lehre

4*

entwickelt worden sind, welche ausser den allgemeinen
und besonderen Regeln des Baum- und Rebenschnittes,
den Ringelschnitt und mehrere ähnliche auf Hinweg-
nahme und Verletzung einzelner Theile beruhende
Operationen in sich fasst.

Doch wer wird sich trotzdem nicht auch der schon
von Theophrast, Columella, Palladius, Albertus magnus
und anderen empfohlenen Operationen dankbarst erin-
nern, wenn man darin gleichwohl wenig mehr als eine
unzulängliche Spielerei erblickt. Statt um die Fruchtbarkeit eines Baumes zu erhöhen, denselben am Grunde
zu spalten und, wie sie lehren, einen Stein in den Spalt
zu bringen, oder hölzerne (nach Albertus magnus sogar
goldene) Nägel in dessen Stamm zu schlagen, hat es die
jetzige Gartenkunst zu bei weitem sicheren und billige-
ren Methoden gebracht, zumal das in dieser Art ver-
wendete Gold so wenig wie in der Alchymie recht
anschlagen wollte [1]).

Unstreitig den grössten Einfluss auf Erzeugung
und Verbesserung der Culturpflanzen hat die geschlechtliche Kreuzung nahe verwandter Pflanzenarten und Varietäten einer oder verschiedener Arten hervorgebracht. Durch sie sind Zwischenformen (Schläge)
entstanden, die häufig mit der Vermischung der älter-
lichen Charaktere die einseitige Ausbildung dieses oder
jenes Pflanzentheiles, und so eine grössere Brauchbar-
keit herbeiführten.

Ohne mich hier in das Wesen der Geschlechts-
function einzulassen, will ich nur bemerken, dass es
uns bei der vollkommen freien und unumschränkten
Stellung der Pflanzen nicht Wunder nehmen darf, wenn
dergleichen Geschlechtsvermischungen auch ohne unsere

Begünstigung entstehen. Von diesen natürlichen, jedoch immerhin sparsam zu Stande kommenden Bastardirungen hat der aufmerksame Beobachter eben so gut wie von Windbrüchen und Insectenfrass die Methode der Vervollkommnung seiner Pflegebefohlenen gelernt. Ist es ihm anfänglich vielleicht nur gelungen, an Blumen und Zierpflanzen die Erscheinung der Bastardbildung hervorzurufen, so haben Muth und Ausdauer auch bei andern Culturgewächsen, wie bei Gemüsen, Obstarten u. s. w. solche glückliche Erfolge zu Stande gebracht.

Die erst in unserem Jahrhunderte erzeugten Obstsorten, wie die Mandelpfirsiche, viele Aepfel-, Birnen- und Wein-Bastarden, die Blumenhibriditäten der Pelargonien, Fuchsien, Anemonen, Tulpen, Nelken u. s. w. geben von diesem industriellen Fortschritte Zeugniss.

In wie weit die auf anderem Wege entstandenen Abarten die Kreuzung unterstützten, zeigen die mannigfaltigen Zwischenformen, die daraus hervorgingen, und die man kaum mehr auf ein sicheres Verständniss zu bringen, d. i. nach ihrer Genealogie zu verfolgen im Stande ist.

In einem solchen Irrgarten von Kreuzungen und Degenerationen stehen alle unsere Obstbäume und Sträucher, alle Gemüsearten, viele Zierpflanzen und gewiss auch mehrere Cerealien und andere Nutzpflanzen. Die grosse Menge von Gartenerzeugnissen, die ihren Ursprung von einer oder zwei Urarten nahmen, und sich nunmehr auf mehrere Tausend an Schönheit und Vortrefflichkeit mit einander wetteifernder Formen ausdehnten, findet nur hierin seine Erklärung.

Endlich ist als ein nicht unannehmbares Mittel der Veredlung der Pflanzen auch die Auswahl in der Anzucht zu betrachten, die hauptsächlich darin besteht, dass in den zur Fortpflanzung bestimmten Samen und Keimpflanzen vorzüglich solche ausgewählt werden, welche kräftiger als andere sind, und daher eine trefflichere Nachkommenschaft versprechen. Auf diese Weise lassen sich nicht bloss die allgemeinen Eigenschaften der Art erhalten, sondern auch die bald grösseren, bald kleineren Abänderungen, die sonst nur zu häufig in den folgenden Generationen wieder verschwinden würden. Da dieselben dadurch gleichsam bleibend erhalten werden können, so ist eben damit zugleich der Grund zur weiteren Ausbildung der Abarten, Raçen und Schlägen gelegt.

Gewiss zum Theile in solcher Zuchtwahl sind unsere mannigfaltigen Obstarten, Küchengewächse und andere Culturpflanzen entstanden und fixirt worden. Man darf jedoch dabei nicht vergessen, dass bei dieser Operation eine Menge der bereits veränderten Eigenschaften auf den Embryo übertragen werden und dass dieselbe nichts anderes als die Erhaltung des grösstentheils auf anderem Wege Eingeleiteten und zu Stande Gebrachten bewirkt [5]).

Wenn man nun die Mittel überblickt, deren sich die Cultur bedient, um auf diesem Felde ihre Triumphe zu erzielen, so sieht man nicht undeutlich, wie alles nur darauf hinausgeht, die Natur in ihrer angebornen Wirksamkeit zu unterstützen, ihre Thätigkeit zu heben und namentlich den Bildungsprocess zu grösseren ungewöhnlichen Anstrengungen zu veranlassen. Nichts geschieht dabei auf ausserordentliche Weise, alles geht im naturgemässen Geleise der Wirksamkeit der Stoffe und ihrer Kräfte. — Die Ergebnisse der Cultur sind kein Wunderwerk. Wenn der kleine, herbe Holzapfel durch seine Bildung auf der Hochschule der Gärtnerei in eine umfangsreiche saftige süsse Frucht verwandelt wird, so hat sich dabei nichts als die Samenhülle *(Pericarpium)* um einige Tausend Zellen vermehrt, der Gerbstoff ist in Zucker und einige andere chemische Verbindungen des Zelleninhaltes in das wohlriechende buttersaure Aethyloxyd verwandelt worden, alles Vorgänge, die wir auch in unseren Gläsern und Retorten zu veranlassen im Stande sind. —

Nun sind wir aber auf dem Puncte angelangt, die schon Eingangs erwähnte Frage nach der Bedeutung der Cultur als Bildungs- und Veredlungsmittel der Pflanze zur Entscheidung zu bringen. Wir gebrauchen hier das Wort Veredlung in der Regel für alle durch die Cultur veränderten und für unsere Zwecke tauglicher gewordenen Pflanzen, und bedenken dabei nicht, dass wir damit mehr sagen, als wir eigentlich ausdrücken wollen.

Dass die cultivirten Pflanzen in einer Beziehung dem ruden Wildlinge voraus sind, ist gewiss nicht in Abrede zu stellen. Eben diejenigen Organe und Theile der Pflanzen, welche die Veränderungen der Cultur erfahren, erfreuen sich ohne Zweifel einer grösseren Ausbildung, als ihnen ursprünglich zukommt. Gewöhnlich ist es der parenchymatöse Rindentheil sowohl an der Wurzel und am Stamm, als am Fruchtboden, oder das Mesophyll in den blattartigen Organen mit Einschluss der Fruchtblätter, die sich durch Neubildung von Zellen einer Vergrösserung zu erfreuen haben, wobei die neugebildeten Zellen zugleich die Träger von Stärke, Gummi, Zucker, Gallerte, Eiweissstoff u. s. w. werden; es können aber diese Veränderungen in der Textur und im Stoffgehalte eben so wenig als ein Fortschritt der Ausbildung der betreffenden Theile, als für eine Verbesserung, eine Ameliorirung des ganzen Gewächses betrachtet werden.

Dass die Pflanze selbst durch solche einseitige Anstrengungen, wo bloss einzelne, häufig sogar ganz untergeordnete Theile eine höhere Ausbildung erfahren, in ihrem Gesammtinteresse nicht gewinnt, zeigt schon die Disharmonie, in welche die übrigen Theile der Pflanze gegen die bevorzugten gestellt werden, und wobei ein regelrechter Gang des Lebens kaum möglich ist. Es ist nicht zu leugnen, dass durch solche Verrückungen des Schwerpunctes der Thätigkeiten das organische Gleichgewicht gestört und statt einer Erhöhung des Lebensprocesses eher eine Verstimmung desselben hervorgebracht wird. Dass diese Ansicht nicht aus der Luft gegriffen ist, beweiset der merkwürdige Umstand, dass unsere sämmtlichen Culturpflanzen so leicht Krankheiten unterworfen sind, während dies bei den wildwachsenden Pflanzen so selten der Fall ist [6]. Ohne Zweifel ist durch die oft nur kleinen und scheinbar unbedeutenden Veränderungen, welche die Cultur in den einzelnen Gewebstheilen herbeiführt, dennoch das harmonische Zusammenwirken der Art gestört, dass wenn nicht gerade abnorme Zustände, doch jedenfalls eine Disposition zu Krankheiten die Folge davon ist. Es hat also die Culturpflanze durch die erhöhte Ausbildung, die sie an einzelnen Theilen erfährt, im Ganzen nichts gewonnen, ja an ihrer normalen Lebenskräftigkeit vielmehr verloren.

Aber auch der Gewinn, den die einzelnen Theile der Pflanze durch jene Culturveränderungen erlangen, ist im Grunde nur ein scheinbarer, indem das Organ in vielen Fällen dadurch geradezu in seinen Thätigkeitsäusserungen gehemmt und wohl gar unbrauchbar gemacht wird. Die Füllung der Blumen geben das schlagendste Beispiel. Indem die Stauborgane sich in Blumenblätter verwandeln, und die Pollenbildung aufgehoben wird, muss der Vorgang der Befruchtung nothwendig unterbleiben und die Pflanze bringt keinen fruchtbaren Samen hervor.

Bei der Veredlung unseres Obstes findet eine ähnliche Verschlimmerung der regelmässigen Ausbildung statt. Hier ist es häufig das Pflanzenei, das vor der übermässigen Ausbildung der Fruchthülle *(Pericarpium)* gar nicht mehr zur Entwicklung kommt. Solche Früchte bleiben samenlos. Beispiele davon geben die Bananen, Ananas, viele einheimische und tropische Obstarten, die apyrenen Trauben u. s. w. [7]. Hier liegt es, däucht mich, auf der Hand, in der Culturpflanze keineswegs eine Veredlung, sondern vielmehr eine Verschlimmerung der Pflanze zu erkennen [8].

Einen ferneren Beweis, wie fremdartig der Culturstand den Pflanzen ist und wie wenig derselbe aus ihrer Natur und Entwicklungsweise hervorgeht, liefert der Umstand, dass alle Culturpflanzen sich selbst überlassen, die fremde Fessel sprengen und in ihren Rohzustand zurückkehren. Wir nennen das verwildern, obgleich dies nichts anderes als ein Festhalten an das

Gesetz, als ein sich Ermannen zur Bewahrung der Selbstständigkeit darstellt.

Wir können also nach diesen unzweifelhaften Ergebnissen unsere dicken Rüben, unseren aufgetriebenen Kopfkohl, alle die eitlen Gestalten der geputzten Blumen, die bausbackigen Aepfel, Orangen und andere Obstarten nur für Degenerationen, für Verschlimmerungen, krankhafte Gestaltungen u. s. w. halten. Unsere Gärten sind daher keineswegs Veredlungsinstitute, Pepinieren des Pflanzengenius, sondern vielmehr Versorgungsanstalten für Cretins, Trotteln, Fexe, — Bildungsanstalten von Knirpsen, Dickbäuchen, Klumpfüsslern, von aufgedunsenen Flitternarren, chlorotischen Missgeburten, kurz von den erbärmlichsten vegetabilischen Strolchen, für die selbst die berühmte Bildungsanstalt am Abendberg keine Besserung verspricht. —

Wenn ich durch diese unerwartete Schlussfolge Ihren vorgefassten Ansichten vielleicht schroff entgegen getreten bin, und einen oder den andern schönen Traum zu Nichte machte, so werden Sie mir das als Pflanzenphysiologen gewiss zu gute halten, der hierbei nur die Natur im Auge zu halten und alle anderen Rücksichten auszuschliessen hat.

Ich kann zwar damit meine Aufgabe als geshlossen betrachten, doch drängt es mich, nicht unversöhnt mit diesen trostlosen Bildern von Ihnen zu scheiden. Erlauben Sie mir daher am Schlusse auch die Kehrseite des Ganzen eines Blickes zu würdigen, wenn ich gleich dabei den Standpunct der Physiologie mit dem der Culturgeschichte vertauschen muss.

Offenbar ist das Missverständniss dadurch in den Gegenstand gebracht worden, dass man die Beziehungen

der Pflanze zum Menschen mit den Beziehungen zu
ihr selbst verwechselte. Wer wird es läugnen wollen,
dass die cultivirte Pflanze dem Menschen in tausend
Dingen nützlich ist und ihm mehr Vortheile gewährt,
als sein brüderlicher Wildling. Fragt es sich aber
darum, unter welchen Verhältnissen sie die in ihr ge-
legten Zwecke besser und leichter zu erzielen im Stande
ist, und wo namentlich der Endzweck aller vegetabilischen Thätigkeit — die Erhaltung der Gattung —
unverrückt gehandhabt wird, so müssen wir unbedingt
auf den Zustand der Uncultur hinweisen. Die Culturpflanze ist also nur für den Menschen ein veredeltes
Wesen, an und für sich nicht, — im Gegentheile von
ihrer normalen, lebenskräftigen Höhe herunter gestiegen
und unedler geworden. Wir verehren in ihr keineswegs den grossen Gesetzgeber der Natur, sondern das
selbstgeschaffene goldene Kalb.

Aber wir haben uns vielleicht schon von vorn
herein in der Bezeichnung gewaltig geirrt? Kann man
denn von Wesen, wie Pflanzen und Thiere, denen es
von Haus aus an Selbstbestimmung fehlt, im Ernste
von einer Veredlung sprechen, die ja doch immer nur
auf einer freien Thätigkeit von Kräften beruht. Ist es
überhaupt möglich, dass sich Pflanzen und Thiere im
Gegensatze vom Menschen veredeln? Gewiss nicht,
selbst wenn man den einen wie den andern ein Seelen-
leben nicht absprechen wollte.

Also sind Pflanzen und Thiere, obgleich mit so
schönen Kräften ausgestattet, dennoch verdammt, in
Unvollkommenheit zu verharren, und an der grossen
Bewegung, die den Menschen bis in seine feinsten
Nerven ergreift, nicht Theil zu nehmen? Ist die

Veredlung der Pflanze nur eine Täuschung, die zwar den
Schein, aber nie das Wesen eines solchen, das Innerste
ergreifenden Umschwunges in sich trägt?.

Wenn das, was wir im Leben als Veredlung der
Pflanzen ansehen, es in der That nicht ist, wenn der
Pflanze nach ihrer ganzen Kräfteanlage eine Veredlung
nicht zukommen kann, so lässt sich doch anderseits
nicht läugnen, dass das, was dem Individuum fehlt,
der Gattung nicht entzogen ist. Nicht das Einzelwesen
also, wohl aber der Verein aller Individuen, welche die
Gattung ausmachen, ist in der That einer veredelnden
Bewegung fähig, die ein grosses durchgreifendes Natur-
gesetz in alles Leben gelegt hat. Ihm ist es zuzu-
schreiben, wenn die Welt in ihren verschiedenen Ent-
wicklungsphasen sich mit einem immer neuen und ed-
leren Schmucke angethan hat, mit einem Schmucke, in
welchen die mannigfaltigen Pflanzengattungen ohne eines
gebietenden schöpferischen Machtwortes zu bedürfen,
aus ihrem innersten Kern sich umstalteten, und zu immer
vornehmeren und prachtvolleren Gestalten umwandelten.
Dies ist die wahre und einzige Veredlung, welche die
ganze Pflanzenwelt als ein einheitliches Ganzes vom
Beginne der Schöpfung an ergriff, und bis zu unserer
Weltperiode in steigender Vervollkommnung durch-
führte. Dies ist das Paradies, in dem der Mensch das
Licht der Welt erblickte, für dessen Existenz zu keiner
der früheren Zeiten die Erde hinlänglich vorbereitet war.

So weit die Geschichte des Menschen zurückgeht,
sehen wir denselben mit der Cultur der Pflanzen be-
schäftigt. Schon in ihren ursprünglichen Wohnsitzen,
in Hochasien, bevor sich die verschiedenen Sprach-
stämme ablösten, muss die weisse Race, wie die gleiche

Wurzel aller indogermanischer Sprachen für gewisse Ackergeräthschaften beweiset, Ackerbau und damit verbundene Pflanzencultur getrieben haben [9]). Die neueren Ausgrabungen durch Bohrungen in Aegypten haben noch in einer Tiefe von 39 Fuss unter dem Boden des Nilthales Ziegeltrümmer und Thongeschirre entdeckt, was auf ein Alter von mehr als 13000 Jahre und auf einen gleichzeitigen Culturzustand der Bewohner dieses Landes hinweiset, wobei Ackerbau gewiss nicht unbekannt war. Gesetze, Religionsgebräuche, welche sich auf den Anbau der Cerealien, auf Cultur von nutzbaren Obstbäumen u. s. w. beziehen, finden sich sowohl bei den Völkern des alten wie des neuen Continentes aus einer Zeit her, wo noch die meisten historischen Urkunden fehlen. So untersagte ein heiliges Gesetz den Osirisanbetern einen Fruchtbaum zu beschädigen, und das erste Gebot im Zend-Avesta lautet: Das Feld zu bauen und Speise gebende Bäume zu pflanzen (Vend. 3, 75).

Bei welchem Volke des Alterthumes ist nicht die Einführung des Getreidebaues, des Weinstockes und anderer vorzüglicher Nutzpflanzen als eine das innerste Leben desselben umstaltende Periode angesehen und in die Feier ihrer dankbarsten Erinnerungen aufgenommen worden; ja sind jene Wohlthäter der Menschheit, die sich hiebei zunächst betheiligten, nicht überall als Gottgesandte, als Gottgleiche angesehen worden? Ich erinnere hiebei nur an den Cult der Isis und des Osiris, als der verbreitetsten und angesehensten Gottheiten Aegyptens, an die griechische Demeter, an Dionysos, Herakles, an die mexikanische Cinteutl u. m. a. [10])

Nicht die majestätische Pallas-Athene, wie sie aus Phidias schöpferischer Hand hervorging, hat dem sinn-

und kunstreichen Volke Attika's göttliche Verehrung
abgenöthiget. Sie, das Sinnbild der Weisheit, der Kraft
und des göttlichen Friedens hatte schon viel früher in
dem aus Olivenholze roh geschnitzten Bilde die Dankes-
opfer ihres Schutzvolkes als erste Pflegerin des Oel-
baumes empfangen, der dem Lande einen der wichtigsten Nahrungszweige und damit die Segnungen des
Friedens brachte.

Aehnliche dankbare Erinnerungen, die im Reli-
gionscultus nach hunderten von Jahren fortlebten, finden wir auch in Griechenland den Züchtern des Birn-
und Mandelbaumes, der Feige, des Granatapfels, der
Quitte u. s. w. dargebracht.

Gewiss ist es, dass der Anban und die Veredlung
des Getreides, der Obstbäume, der Wurzelgewächse u. s. w.
sich weit in die dunkeln Anfänge der Geschichte zurück-
ziehen, und dass ein Volk um das andere das Erbe der
Culturpflanzen übernommen und mit mehr oder weniger
Glück weiter gefördert hat, bei diesem friedfertigen
Treiben aber zugleich einen nicht unbedeutenden Hebel
seiner eigenen Veredlung gefunden hat.

Als einst die ganze Bevölkerung Athens jährlich
zu dem garbenspendenden Feste nach Eleusis auszog,
als Jung und Alt in feierlicher Procession auf dem hei-
ligen Wege dahin wandelte, gab es dabei wohl zu ver-
stehen, welchen Werth es auf die Einführung des Ackerbaues legte. Aber mit diessen dankbaren Aeusserungen
war noch eine tiefe mysteriöse Feierlichkeit verbunden,
die nur wenigen Eingeweihten zugänglich war und
unter Androhung schwerer Strafen geheim gehalten
wurde. Es ist kaum zu zweifeln, dass sich diese My-
sterien auf eine geläuterte Weltanschauung, die mit dem

herrschenden Polytheismus im schroffsten Widerspruche stand, bezogen, und eben darum, wenn sie bestehen sollten, verborgen bleiben mussten. Ahnungen von einer Fortdauer der Seele nach dem Tode, ganz im christlichen Sinne, mögen den Kern dieser Geheimlehre gebildet und das Morgenroth des neuen ethischen Tages verkündet haben.

So hat der Ackerbau hier und dort, einst und jetzt mit den Segnungen des Friedens auf die Hebung unserer geistigen Natur eingewirkt. Nicht der Mensch hat die Pflanze, sondern die Pflanze hat den Menschen veredelt. Dies ist die eigentliche welthistorische Bedeutung der Pflanzencultur, des wichtigsten Gewerbes, das, indem es Wohlsein und Lebenslust rund umher materiell verbreitet, auch der Veredlung unserer geistigen Natur ihren Tribut zollt.

Darum Heil der Pflanzencultur!

ANMERKUNGEN.

[1]) Die Verschiedenheit der wilden Aepfel und Birnen unserer Wälder macht es wahrscheinlich, dass weder der Apfel- noch der Birnenbaum bei uns wild, sondern beide nur verwildert vorkommen. In den uralten Seepfahlbauten der Schweiz hat man Reste getrockneter Birnen- und Aepfelschnitten gefunden nicht grösser als solche, die wir uns von unsern Wildlingen bereiten. Gewisse Umstände lassen vermuthen, dass dieselben aber nicht aus wildwachsenden Früchten, sondern von, um jene Dorfbauten gepflanzten Bäumen gesammelt wurden. Die Ureinwohner dieses Landes müssen also die Samen davon mit dem Getreide und einigen Hausthieren mitgebracht haben. Os. Heer, Ueber die Landwirthschaft der Ureinwohner unseres Landes (Landwirth. Wochenblatt Nr. 1, 2, 3, Zürich 1860.)

[2]) Frost verursacht panachirte Blätter. *Aucuba japonica* hat in ihrem Vaterland gleichfarbige grüne Blätter und die *folia variegata* erst in Europa bekommen. Bot. Zeit 1857, Nr. 44.

[3]) Noch bei den Römern musste das Beschneiden des Weinstockes als eine Veredlungsmethode angesehen werden, denn ein Gesetz untersagte es aus unbeschnittenen, d. i. wilden Reben bereiteten Wein zu Libationen zu verwenden. *Eadem lege ex imputata vite librari vina diis nefas statuit. Plin. Hist. nat. 14. 14.* Auch das Beschneiden der Waldbäume war bei den Römern schon zur Zeit des Augustus gewöhnlich. Plinius (Hist. nat. XII. 2) erzählt: „Knejus Martius, ein römischer Ritter und Freund Augustus sei der erste gewesen, der die beschnittenen Lustwäldchen aufgebracht habe".

[4]) Schon Theophrast (*Hist. plant. II. cap. 7, sect. 6*) empfiehlt, um Bäume fruchtbar zu machen, man solle den Stamm am Grunde spalten und einen Stein in den Spalt bringen, oder einen hölzernen Nagel in denselben einschlagen. Auch Pseudo-Aristoteles empfiehlt die Nagelcur. Albertus Magnus sagt vom Mandelbaum, dass dessen Fruchtbarkeit befördert werde, wenn viele Nägel in seinen Stamm geschlagen werden, vorzüglich goldene. Auch die Verletzung des Stammes an der Wurzel bringe gleichen Effect (Theoph., Columella, Plinius, Palladius).

[5]) „Die Methoden zur Veredlung der Pflanzen müssen schon von dem Samenkorn ausgehen. Man wähle zu Culturpflanzen immer nur grosse ausgereifte Samen. Verkümmerte Samen geben kleine unansehnliche schlechte Pflanzen. Pfirsiche, welche aus Steinkernen erhalten wurden, deren zwei sich in einer Frucht befanden, waren viel schlechter als andere". (Knight.)

Auch die Samenpflanzen sollen stets gut ernährt und durch übermässige Fruchtbildung nicht erschöpft werden. Ihr Holz soll im Herbst vollkommen ausgereift sein.

[6]) L a n d e r e r erzählt, dass der wilde (oder eigentlich verwilderte) Weinstock in Griechenland nie von der Traubenkrankheit befallen wird, selbst wenn er in der Nähe oder in der Mitte von Weinbergen sich befindet, die vom *Oidium* ganz zu Grunde gegangen sind. Österr. botan. Zeitschr. 1859, p. 332.

[7]) Schon Theophrast kannte Trauben ohne Kerne und wusste, dass man sie durch Kunst, so wie die verschiedenen Farben hervorzubringen im Stande ist.

Apyrene Trauben fand man in den Gräbern neben den Mumien Egyptens.

[8]) Wie irrthümlich in dieser Beziehung die Bezeichnung ist, deutet J o r d a n p. 15 an, indem er sagt: man nennt den Zustand der Cultur eben so Zustand der Veredlung, wie jenen der Wildheit Degeneration.

[9]) Die Sprachforschung weiset nach, dass die arischen Völker noch vor ihrer Trennung Hirtenvölker waren und bereits mehrere Hausthiere und Geflügel gezähmt hatten, sie macht es aber auch zugleich aus den Sprachwurzeln, deren Ableitungen sich bei allen aus ihnen hervorge-

gangenen Stämmen wieder finden, wahrscheinlich, dass sie auch den Ackerbau schon kannten und trieben.

Der Ausdruck *pada* im Sanskrit, woraus πεδον im Griechischen, *perum* umbrisch, *pole* polnisch, *folda* altsächsisch, *fold* altnorisch, *feld* althochdeutsch wurde, hat zwar noch nicht die Bedeutung von bebautem Lande, sondern im Allgemeinen die einer Aufenthaltsstätte, einer Weide u. s. w., aber es ist der Begriff des Pflügens und Ackerns ein uraltes gemeinsames Eigenthum, so wie aus der Sanskritbezeichnung *aritra* (Schiff, Ruder), — ἄρυτρον, altsächsisch *erida*, altnorisch *arti* geworden und aus *plava* (Schiff), — πλεϜ und πλοῖον, altdeutsch *pfluoch*, *pfluoc*, polnisch *plug* und unser deutsches *Pflug* entstanden ist, wenn gleich die ursprüngliche Bedeutung des Sanskritwortes etwas das Wasser durchfurchende bezeichnet.

[10]) Einige der Thaten des Herakles beziehen sich offenbar auf Bodencultur, so namentlich die Bezwingung der Hydra von Lerna in der argeischen Ebene, deren immer wieder nachwachsende Köpfe von dem Helden ausgebrannt wurden. Es kann sich dies nur auf Trockenlegung einzelner Partien der nassen Niederung, die dadurch für den Ackerbau gewonnen wurden, beziehen. W. Vischer sagt in seinen „Erinnerungen und Eindrücken aus Griechenland, p. 326": Jetzt scheint längst die neue Hydra herangewachsen zu sein und die Gegend fast unbewohnbar gemacht zu haben. Zahllose Quellen, die ihren unterirdischen Zufluss von den umlaufenden Bergen haben, dringen aus dem flachen Boden und machen die Gegend morastig und ungesund. Sie harret eines neuen Herakles, der die Wasser gehörig eindämme und ableite und das Land der Cultur zurückgebe.

Herakles, der Bezwinger des Centauren und Stifter der olympischen Spiele, hatte den wilden Oelbaum aus dem Lande der Hyperboreer nach Olympia verpflanzt, wo er noch jetzt, wie im ganzen Alpheiosthale in grosser Menge und Schönheit gedeiht. Da der Preis der olympischen Sieger nichts als ein Olivenkranz war, so musste in diesem Fruchtbaum von jeher ein ganz besonderer Werth gelegt worden sein.